KB201683

모모세, 여기를 봐

모모세, 여기를 봐

나카타 에이이치

박정아 옮김

차례

모모세, 여기를 봐

$$1$$

　대학 졸업을 앞두고 당분간 고향에 내려가 있기로 했
다. 신칸센에서 내려 하카타역 플랫폼에 서 있으니 추위로
온몸이 움츠러들었다. 일단 본가로 가기 전에 니시테쓰 구
루메역에서 친구를 만날 예정이었다. 약속 시각까지 세 시
간 정도 여유가 있던 터라 무작정 덴진 시내를 돌아다니다
우연히 간바야시 선배와 마주쳤다.

　"얘기 들었어. 올해 드디어 졸업이라며?"

　선배는 배가 제법 불러 있었다. 오가는 인파 속에서 우
리는 하얀 입김을 내뿜으며 재회의 기쁨을 나눴다.

　그를 처음 본 것은 내가 고등학교에 입학한 지 얼마 되
지 않은, 8년 전 5월 말의 일이다.

"저 사람이야. 다들 얘기하던 그 3학년 선배."

점심시간에 매점에서 야채빵을 사고 교실로 돌아가려는데 다나베가 말했다.

그러고 보니 지나가는 여학생 무리 중 유독 키가 큰 한 사람이 눈에 띄었다.

간바야시 데쓰코. 우리 반 남자애들 입에 늘 오르내리는 화제의 인물이었다. 1학년에게까지 소문이 난 여학생은 어떤 외모일지 내심 궁금하던 차에, 마침 그가 허리까지 내려오는 머리카락을 휘날리며 창문 옆을 지나갔다. 그러자 햇살이 마치 핀 조명처럼 그를 밝게 비추었다.

"교실에나 가자."

나는 다나베를 팔꿈치로 쿡쿡 찌르며 말했다. 어차피 우리와는 다른 세상에 사는 종족이다. 학교에서 제일가는 미인과 우리 같은 평범한 인간 사이에는 그 어떤 접점도 없었다.

교실로 돌아와 야채빵을 다 먹은 다나베는 책을 꺼내 읽기 시작했다. 나는 낮잠이나 잘 요량으로 책상에 엎드려 눈을 감았다. 그때 머리에 뭔가 부딪히는 느낌이 들었다.

눈을 떠보니 둥그런 종이뭉치가 바닥에 굴러다니는 것이 보였다.

"거기서 자면 어쩌자는 거야? 걸리적거리게."

한 남자애가 말했다. 둥글게 뭉친 종이를 야구공 삼아 놀고 있었던 모양이다.

나와 다나베는 교실에서 이물질 같은 존재였다. 학급의 중심은 목소리 큰 애들 차지고, 나와 다나베처럼 희끄무레한 전구같이 존재감 없는 애들은 녀석들에게 방해가 되지 않도록 구석에서 죽은 듯이 지내야 했다. 성적도, 운동신경도 평균 이하에 사교성은 다섯 살만 못하고, 머리는 부스스한 데다 옷차림마저 볼품없는 우리 같은 애들은 늘 교실에서 최하층민일 수밖에 없었다.

＝＝＝＝＝＝

"선배가 아이를 낳는다니 믿기지 않아요."

커피숍에 들어간 나와 간바야시 선배는 자리에 앉기 전 코트를 벗었다. 창문 너머로 백화점의 연말 세일을 알리는 현수막이 보였다.

"그래? 어째서?"

선배는 커피를 주문했다.

"다들 그렇게 생각할걸요."

간바야시 선배에게 사귀는 사람이 있다는 소문이 돌았을 때 학교 안은 온통 남학생들의 탄식으로 가득했다.

═══════

"사귀는 사람 있대. 소문이긴 하지만."

쉬는 시간에 다나베와 한창 얘기를 나누고 있는데 교실 한복판에서 어떤 남자애가 하는 말이 들렸다. 말도 안돼. 진짜야? 하고 다른 누군가가 말했다. 나와 다나베는 눈을 마주치고는 소리가 나는 쪽으로 귀를 기울였다.

"누군데? 남자 친구가."

"그게……"

친구들이 그를 에워쌌다. 마침내 그는 생각났다는 듯 입을 열었다.

"아, 맞다. 왜, 미야자키라고 3학년 농구부 있잖아. 유명하던데."

═══════

간바야시 선배는 점원이 가져다준 커피를 한 모금 마셨다.

"예정일이 언제예요?"

불룩한 그의 배를 보며 물었다.

"4월. 벚꽃 필 때쯤. 안 그래도 벚꽃 좋아하는데 잘됐어."

간바야시 선배는 배에 손을 올려놓고 말했다.

"벚꽃의 꽃말은 고상, 순결, 아름다운 마음. 그 밖에도 많아."

"선배, 그날도 꽃말을 알려줬었죠. 넷이서 다 같이 놀았을 때."

그때를 떠올리니 갑자기 그리움이 밀려왔다. 간바야시 선배는 그날 미야자키 선배와 함께 버스에서 내려 집으로 돌아갔다. 당시 그는 미야자키 선배와 사귀고 있었다. 미야자키 슌. 간바야시 선배가 그와 사귄다는 얘기를 들었을 때 처음에는 놀랐지만 이내 수긍이 갔다. 미야자키 선배였구나. 잘 어울리네.

━━━━━━━

"노보루, 오랜만이다."

집으로 돌아가는 길에 전철에서 내려 개찰구를 막 나오려는데 누군가 말을 걸었다. 뒤돌아보니 같은 학교 교복을 입은 남학생이 개찰구를 빠져나오고 있었다.

"미야자키 선배."

"형이라고 불러, 옛날처럼."

우리는 나란히 역 근처 자전거 보관소로 향했다. 다리 길이부터가 남다른 미야자키 선배는 발을 맞춰 걸어도 늘 나를 앞질러 간다. 자전거 보관소에서 나는 자전거를, 선배는 오토바이를 꺼냈다.

"어머니는 건강하시지?"

"네, 건강하세요."

"재혼 생각은 없으시고?"

"그렇죠, 뭐."

미야자키 슌은 나에게 형 같은 존재였다. 같은 동네에 살고 어머니들끼리 사이가 좋아서 우리도 덩달아 친해졌다. 어쩌다 엄마가 집에 들어오지 못하는 날이면 나는 형네 집에 맡겨져, 그의 방에 이부자리를 깔고 함께 잠을 청했다.

"네가 애써 우리 학교에 들어왔는데 1년밖에 같이 못 다닌다니."

그렇게 말하며 미야자키 선배는 헬멧을 썼다. 이듬해에 졸업인 그는 대학 진학을 앞두고 있었다. 선배가 타는 오토바이는 구형 모델이라 군데군데 흠집이나 팬 자국이 있었다. 하지만 선배가 타면 멋스러운 복고풍처럼 보였다. 선배는 오토바이에 시동을 걸었다.

"며칠 전에 복도에서 선배가 사귀는 사람 봤어요. 누가 실내화 같은 거 감출지 모르니까 조심하세요. 저희 반에 간바야시 선배 좋아하는 애들이 많거든요."

미야자키 선배는 쓴웃음을 지으며 고개를 끄덕였다. 선배가 핸들을 움켜쥐고 막 출발하려는데 마침 근처에 있던 건널목 차단기가 내려가더니 경보음이 울렸다. 땡, 땡, 땡. 날카로운 금속성 소리가 귓전을 때렸다.

"아, 그러고 보니⋯⋯."

나는 갑자기 잊고 있던 기억이 떠올랐다.

액셀을 당기려던 미야자키 선배의 손이 멈칫했다.

"한 달 전에 이 근처에서 선배가 어떤 여자애하고 걸어가는 걸 봤어요⋯⋯."

땡, 땡, 땡. 비디오 대여점에서 자전거를 타고 집으로 돌아가던 길이었다. 그날도 차단기가 내려간 건널목에서 경보음을 들으며 전철이 통과하기를 기다리고 있었다. 땡,

땡, 땡. 그런데 건너편에서 미야자키 선배처럼 보이는 사람이 지나가는 게 눈에 들어왔다. 순간 나는 말을 걸려다가 말았다. 선배가 어떤 여자애와 함께 있었기 때문이다. 그때는 당연히 선배의 여자 친구인 줄 알았는데 가만히 생각해 보니 조금 의아했다.

"……그 여자애, 머리 길이가 어깨 정도밖에 안 되던데요."

보통 머리카락은 한 달 만에 허리까지 자라지 않는다.

요란한 소리를 내며 전철이 통과하자, 경보음이 멈추고 빨간 신호도 꺼졌다. 자전거 보관소에는 선배의 오토바이 엔진 소리만 울려 퍼지고 있었다. 어느새 주위에 어스름이 깔리기 시작했다.

"너, 사귀는 애 있다고 했나?"

선배가 입을 열었다.

"제가요? 설마!"

"그래? 그럼 잘됐네."

무슨 소리냐고 되물을 새도 없이 미야자키 선배는 서둘러 오토바이를 출발시켰다.

그로부터 3일이 지난 점심시간, 미야자키 선배가 뜬금

없이 우리 교실에 나타났다. 여자애들은 문 앞에 서 있는 훤칠한 선배를 돌아보느라 대화를 멈췄다. 농구부 에이스인 그는 출중한 외모로 입학 직후부터 여자애들 사이에서 유명했다고 한다. 남자애들이 간바야시 선배에게 빠져 있는 것처럼 말이다.

"노보루, 얘기 좀 하자."

미야자키 선배가 구석에 있는 나를 보며 손짓했다. 반 애들이 일제히 뒤를 돌아봤다. 함께 책 얘기를 하고 있던 다나베가 "누구지?" 하며 선배를 쳐다봤다. 나는 다나베에게 "잠깐 다녀올게"라고 말한 뒤 자리를 떴다.

미야자키 선배가 데리고 간 곳은 도서실이었다. 책장 사이를 지나 안쪽으로 들어가니 웬 여학생 한 명이 우리를 기다리고 있었다. 그 여학생은 간바야시 데쓰코 선배……가 아니었다.

━━━━━

"그런데 넌 왜 우리 고등학교에 지원한 거야?"

간바야시 선배가 창밖을 바라보며 물었다. 구름이 잔뜩 낀 덴진의 하늘은 당장이라도 눈을 흩뿌릴 것만 같았다.

"어쩌다 보니 그렇게 됐어요."

"슌이 다니는 학교라서?"

"그럴지도 모르죠."

"슌을 동경했구나."

선배는 미소를 지으며 나를 바라봤다. 우리는 한동안 들뜬 마음으로 미야자키 선배에 관해 이야기했다. 그의 눈에 비친 미야자키 선배의 모습이 새삼 흥미로웠다. 선배만큼 이상한 사람도 없을 거란 그의 말에는 나도 동감했다. 고등학생인 주제에 기업의 경영 전략이니 마케팅이니 하는 책을 보질 않나, 어지간히 특이한 사람이다.

"그때부터 슌은 아버지 회사를 생각하고 있었던 거야."

━━━━━━

"아이하라, 잠깐 시간 돼?"

미야자키 선배에게 도서실로 불려간 다음 날, 교실에 들어서니 여자애들 몇 명이 말을 걸어왔다.

"미야자키 선배하고 가까이 산다며? 정말이야?"

"응, 그렇긴 한데……."

나는 여자애들에게 둘러싸여 선배와의 관계를 실토해

야 했다. 그들은 미야자키 선배에 관한 정보라면 뭐든지 알려달라고 했다. 생일, 발 사이즈, 심지어 어릴 적 머리 스타일까지 알려주고 조회 시간이 돼서야 겨우 풀려날 수 있었다. 하지만 안도감이 든 것도 잠시, 1교시 수업이 시작되자 잊고 있던 근심거리가 떠올랐다.

"괜찮아? 오늘따라 좀 불안해 보이는데."

점심시간이었다. 점심거리를 사러 매점에 가는데 다나베가 걱정스럽다는 듯이 물었다.

성격이 온화한 다나베는 생체시계도 느긋하게 흘러가는지 말투가 느릿느릿했다. 마치 코끼리나 고래가 말하는 것 같았다. 체격도 그에 못지않게 큼직해서는 늘 구부정하게 몸을 숙이고 다녔다.

"아까 쉬는 시간에도 상태가 안 좋아 보이던데, 무슨 일 있어?"

다나베는 걸어가면서 느긋한 말투로 물었다. 매점은 학교 건물 1층 구석에 있어 평소에는 조용하기만 한 복도도 점심때만큼은 소란스러웠다.

"실은 너한테 말하지 못한 게 있어……."

다나베는 고등학교에 들어와서 사귄 유일한 친구다. 다나베 말고 친한 친구가 없는 이유는 뻔하다. 내 인간 레벨이 무시무시할 정도로 낮기 때문이다.

인간 레벨은 외모와 성격의 장단점을 종합해서 매기는데, 예를 들어 미야자키 선배나 간바야시 선배의 인간 레벨이 90 전후라면, 나는 레벨 2 정도다. 이유는 평범한 외모와 어두운 성격. 특히 성격은 머릿속으로 인간 레벨 따위의 개념이나 고안해 낼 만큼 어둡다. 그래서 레벨 2일 수밖에 없다. 그나마 레벨 1을 면한 것은 자신이 최하위권이라는 사실을 자각하고 있기 때문이다.

중학교 3년 내내 나는 반에서 밑바닥 위치에 있었고, 똑같이 바닥에 있었던 레벨 5 이하의 친구들과 만화나 게임 얘기만 하면서 지냈다. 인간 레벨이 높은 녀석들은 나처럼 레벨 낮은 애들을 이물질 보듯 했다.

고등학교에 입학하고 3일째 되던 날, 교실에서 어슴푸레한 전구 같은 기운을 풍기던 다나베를 보자마자 단박에 알아챘다. 저 녀석은 인간 레벨 2다. 나와 같은 종족이다. 가까스로 용기 내어 말을 걸어보니 역시나 대화가 잘 통했다. 다나베 덕에 나만 교실에 적응하지 못하는 게 아니구나, 나만 여자에게 인기가 없는 게 아니었어, 하며 자신을 위로할 수 있었다.

"그게, 무슨 일이냐면……."

사정을 털어놓으려고 하는데 뒤에서 누군가 말을 걸어
왔다.

"아이하라?"

돌아보니 웬 여학생이 서 있었다. 길고양이처럼 앙칼
진 눈매를 한 소녀였다.

"모모세!"

내가 외쳤다. 모모세 요우. 이게 그의 이름이다. 당장이
라도 달려들 듯한 저 눈빛은 시선이 마주칠 때마다 꼭 손톱
으로 할퀴어 버릴 것만 같아 움찔하게 했다. 모모세는 어깨
까지 내려오는 머리카락을 만지작거리며 말했다.

"마침 잘됐다, 같이 밥 먹으러 가자."

모모세가 내 교복 소매를 잡아당겼다. 모모세의 등장
에 나는 적잖이 당황했다. 이를 본 다나베의 표정은 내게
설명을 요구하고 있었다.

"실은 그게……."

살면서 이런 말을 내뱉게 될 줄은 꿈에도 상상하지 못
했다.

"여태껏 말 못 했는데, 쟤랑 사귀고 있어……."

다나베가 반문할 틈도 주지 않고 나는 얼른 고개를 돌
려 모모세에게 말했다.

"오늘은 친구랑 먹을게. 미안."

"아쉽지만 어쩔 수 없지. 오늘 수업 몇 시에 끝나?"

"4시쯤."

"그럼 시간 맞춰 옥상에 있을 테니까 데리러 와. 같이 집에 가자."

모모세는 손을 흔들더니 체중 따위는 모르겠다는 듯 가벼운 발걸음으로 계단을 올라갔다. 나와 다나베는 복도에 우두커니 서서 그의 뒷모습을 바라봤다. 모모세가 시야에서 사라진 뒤 나는 다나베에게 고개를 숙였다.

"미안, 어쩌다 보니 그렇게 됐어."

"……귀엽게 생겼네."

나는 속으로 다나베에게 미안하다고 사과했다. 지금 다나베가 어떤 심정일지 짐작이 갔다. 내가 다나베라면 홀로 남겨질 생각에 몹시 두려웠을 것이다. 세상에는 평생 여자하고 인연이 없는, 손 한번 잡아볼 일 없는 사람들이 있다. 다나베와 내가 바로 그런 부류 중 하나라는 사실을 우리는 잘 알고 있었다. 인간 레벨 2는 이처럼 외롭디외로운 운명을 짊어진 종족이다. 마치 암컷 사마귀에게 잡아먹히는 수컷 사마귀처럼 더할 나위 없이 가여운 존재들이다.

"슬슬 일어나자. 여기는 내가 낼게."

간바야시 선배가 계산서를 집어 들고 일어나려 했다. 참 사려가 깊다. 역시 부잣집 딸다운 배려다. 하지만 나는 선배를 붙잡으며 말했다.

"조금만 더 얘기하다 갈래요?"

━━━━━━━━

수업을 마치고 옥상에 올라가 보니 모모세가 양지바른 곳에 엎드려 누워 워크맨으로 음악을 듣고 있었다. 학교에 휴대용 카세트 플레이어를 가지고 오는 것은 교칙 위반이지만 모모세는 전혀 개의치 않아 보였다.

"왜 이렇게 늦었어?!"

내가 온 걸 알아차린 모모세는 이어폰을 빼더니 자리에서 일어나 교복에 붙은 먼지를 털어냈다.

우리는 나란히 계단을 내려와 복도를 걸어갔다. 나는 오른쪽 손가락이 저릿저릿했다. 모모세의 가느다란 손가락이 내 손가락 사이에 얽혀 있었기 때문이다. 여자에게 면역이 없는 내게 모모세의 손가락은 치사율 높은 바이러스나 다름없었다. 어색함을 견디다 못해 손가락을 풀라치면 모모세는 완강히 저항했다. 그때 마침 얼굴을 아는 남자애들이 옆으로 지나갔다. 내가 뒤돌아보니 그들도 우리 쪽을 보고 있었다.

"방금 누구야?"

모모세가 물었다.

"……같은 반 애들. 말해본 적은 없지만."

"같은 반인데 왜 말을 안 해?"

"같은 반이라고 해서 모두랑 말하는 건 아니잖아?"

더 정확히 말하면 나는 거의 모든 반 애들과 말을 섞어본 적이 없다.

"너 좀 특이하다."

모모세는 내심 놀란 듯했다. 뭐지, 저 반응은?

신발로 갈아 신고 학교 건물을 나선 후에도 손깍지는 풀지 않았다. 우리는 사귀는 사이야. 이런 식으로 살을 맞대고 걷는다고 누가 잡아가지 않아. 이렇게 자신을 타일렀다. 그렇다고 해도 여자와 나란히 보폭을 맞추며 걷는 기분은 묘했다. 하늘은 청명했고, 야구부의 누군가가 금속 배트로 공을 때리는 쨍한 소리가 멀리서 들려왔다. 모든 게 싱

그러웠다.

우리는 교문을 나와 전철역 방향으로 좀 더 걸어갔다.

"자, 여기서 종료."

갑자기 모모세가 내 손가락을 뿌리쳤다. 그러고는 잽싸게 몇 발짝 거리를 두며 등을 돌렸다.

"아, 찝찝해."

"사람이 무슨 세균도 아니고……."

"아니, 손에 왜 이렇게 땀이 많아? 손가락만 닿아도 축축해."

모모세는 손수건을 꺼내더니 손을 박박 문질렀다.

"뭐냐, 너? 손은 네가 먼저 잡았잖아!"

"학교 밖에서는 말 걸지 말아줄래?"

모모세는 나를 마치 더러운 물건 보듯 했다.

"밖에서 간바야시 선배라도 만나면 어쩌려고?"

"약속이 있어서 그만 가볼게."

그 말만 남기고 모모세는 쌩하니 뛰어갔다.

이제 그를 만나러 가겠지. 모모세가 몰래 누구랑 사귀는지 아는 사람은 나뿐이었다. 학교에 있는 그 누구도, 심지어 간바야시 선배조차 두 사람의 관계는 알지 못했다.

"이건 우리끼리만 아는 비밀이다?"

점심시간에 도서실로 불려갔을 때, 미야자키 선배는 그렇게 말했다. 그의 옆에는 머리카락이 어깨까지 내려오는 여학생이 서 있었다. 한 달 전 건널목 맞은편에서 미야자키 선배와 걷고 있던 바로 그 애였다. 그 애의 눈동자는 금방이라도 달려들 것 같은 길고양이를 떠오르게 했다.

"이 친구하고 내가 플랫폼에 같이 서 있는 걸 누가 본 모양이야."

어느 화창했던 일요일, 나와 미야자키 선배네 집 근처 전철역에서 있었던 일인 듯했다.

"근데 그게 소문이 났는지 다들 의심해서."

그 애가 사는 곳은 학교를 기준으로 미야자키 선배네 집과 정반대 편에 있었다. 그런데 그 애가 왜 일요일에 그 전철역에 있었던 걸까? 당연히 미야자키 선배를 만나기 위해서다.

그러면 미야자키 슌에게 간바야시 말고 또 다른 애인이 있다는 건가?

세간에 떠돌던 억측은 사실이었다.

"그래서 노보루한테 부탁을 좀 하려고."

나 대신 네가 이 친구하고 사귄다고 하면 어때? 그러면

이 친구가 그 역에 있었다고 해도 이상할 게 없거든. 애는 널 만나러 온 거니까. 내 어릴 적 친구의 애인이면 나하고도 아는 사이일 수 있고. 친구 애인이랑 우연히 플랫폼에서 만나 같이 전철 좀 기다렸다고 하면 누가 뭐라고 하겠냐? 뭐, 너하고 얘가 사귄다는 전제하에 가능한 얘기지만.

선배가 하는 말을 한 번에 알아먹지 못하고 어리둥절해 있으니, 옆에 있던 여자애가 입을 열었다.

"그러니까 나하고 네가 사귀는 척 연기를 해서 간바야시 선배의 의심을 딴 데로 돌리자는 소리야. 간단하지? 내 이름은 모모세야. 모모세 요우. 잘 부탁해."

지금껏 여자와 친구도 해본 적이 없건만 엉겁결에 나는 그들의 부담스럽기 짝이 없는 작전에 엮이게 되었다.

모모세는 모든 면에서 나와 정반대였다. 예컨대 학교 복도를 지나갈 때도 모모세는 팔을 흔들며 당당하게 가운데로 걸어 다녔다. 반면에 나는 새우등을 하고는 살금살금 가장자리로 다녔다.

"도서실 가는 거 아냐? 이쪽이 더 가까워."

모모세가 구름다리를 가리켰다.

"너, 눈 나쁘냐?"

"양쪽 다 2.0."

"저기 모여 있는 애들 안 보여?"

구름다리에는 머리를 염색한 소위 일진들이 대거 몰려 있었다. 저기를 통과하려면 제멋대로 고친 교복들 사이를 비집고 지나가야 했다.

"지금 장난하냐?"

모모세는 어이가 없다는 듯 내 손목을 덥석 잡아 구름다리 쪽으로 끌고 가기 시작했다. 나는 손가락 끝으로 벽기둥을 부여잡고 저항해 봤지만 소용없었다.

"저기, 좀 지나가게 비켜!"

기어이 모모세가 일진들에게 말했다.

지갑을 교실에 두고 오지 않은 것이 후회스러웠다. 하지만 그들은 통행료를 요구하기는커녕 순순히 길을 비켜 주었다.

"고마워."

모모세는 퉁명스럽게 말하며 그들 틈을 지나갔다.

"야, 모모세. 쟤는 누구?"

껌을 씹고 있던 한 애가 나를 가리켰다.

"보면 몰라?"

모모세가 옆구리에 손을 올린 채 허리를 꼿꼿이 세우고 말했다.

"응, 모오르겠는데?"

그 애는 고개를 절레절레 저으며 대꾸했다. 그러자 다른 애들도 따라 했다. 모오르겠는데, 모오르겠는데.

"아! 너 치한 잡았구나. 지금 교무실로 끌고 가는 거지?"

패거리 중 한 명이 갑자기 생각났다는 듯 말했다.

"멋대로 생각해. 가자, 아이하라."

모모세는 그렇게 말하더니 내 팔을 잡아당기며 다시 걷기 시작했다. 구름다리를 다 건너와서야 겨우 목소리가 나왔다.

"쟤네들하고 아는 사이야?"

"옥상에서 담배를 권하더라고."

중학교 3년 동안 교칙 한 번 어긴 적 없는 내겐 딴 세상 이야기였다.

"오해하지 마. 수업을 빼먹은 적은 있지만 담배는 안 피워. 쟤들이랑 한패는 아니라고."

그러고 보니 모모세의 복장에는 교칙 위반이라고 할 만한 부분이 없었다. 여고생들이 흔히 달고 다니는 액세서리 비슷한 것조차 찾아볼 수 없었다. 머리카락은 새카맣고, 눈에 띄는 거라곤 반짝이는 눈동자뿐이다. 모모세는 꼭 야생동물 같은 꾸밈없는 멋이 있었다.

연인 행세를 시작하고 일주일 동안은 특히 힘들었다. 그저 학교에서 모모세와 사귀는 시늉을 하는 것뿐인데, 워낙 여자에게 면역이 없어서인지 모모세와 마주 보고 앉거나 그의 옆을 걷기만 해도 얼굴이 빨개졌다. 내가 민망해서 거리를 두려고 하면 그는 아무도 없는 곳으로 나를 끌고 가서 "그러면 사귀는 것처럼 안 보이잖아! 할 생각이 있는 거야?"라며 무섭게 다그쳤다.

함께 학생 식당에서 우동을 먹으며 음악이나 영화, 책 얘기도 해봤다. 하지만 대화는 좀처럼 이어지지 않았다. 나는 만화를 좋아하는데 모모세는 스포츠를 좋아했다. TV에서 하는 야구 중계조차 본 적이 없는 나로선 모모세와 할 만한 얘깃거리가 떠오르지 않았다. 그렇지만 각자의 반 애들이 우리를 사귀는 사이로 여기려면 사이좋은 척 대화를 나눠야 했다.

"너랑은 도무지 할 얘기가 없다."

"내가 하고 싶은 말이야."

"한 번씩은 재밌는 말도 해봐."

"네가 맨날 화만 내는데 그게 가능하겠냐?"

"누가 화를 낸다고 그래?!"

학생 식당에서 마주 보고 앉거나 복도를 나란히 걸으면서 나누는 우리의 대화는 대충 이런 식이었다. 하지만 표정만은 억지로라도 다정한 척 연기해야 했다.

"역시 지친다……."

모모세는 옥상의 추락 방지용 난간에 기대 머리를 축 늘어뜨렸다. 모모세의 머리카락이 바람에 나부꼈다. 때는 6월 초 방과 후, 연인 행세를 시작한 지 2주가 지나가고 있었다.

"미야자키 선배랑은 어디서 얘기해?"

내가 물었다. 우리 사이의 유일한 화젯거리라고는 미야자키 선배에 관한 것뿐이었다.

"전화나 뭐……."

"그게 다야?"

"2주에 한 번 만나서 얘기하는 정도."

두 사람의 관계를 이리저리 상상해 보다가 새삼 비밀 연애라는 번거로운 짓을 잘도 하는구나 싶었다. 우리는 미야자키 선배에 관한 이야기를 하나씩 꺼냈다. 그는 축구를 하든 야구를 하든 늘 주인공이었고, 동네 아이들에게 동경의 대상이었다고 말하자 모모세는 뿌듯한 표정을 지었다. "이거 선배가 사준 거야"라며 모모세가 옆에 놓인 가방에서 모리 오가이의 《무희》라는 책을 꺼냈다. 내가 가방에 달린 열쇠고리를 가리키며 "이건 초등학교 때 미야자키 선배한테 받은 거"라고 하자 모모세가 내 가방을 낚아채서는 열쇠고리를 빼내 "이거 내가 갖는다"라고 말했다.

"슬슬 가자."

흐뭇한 표정으로 열쇠고리를 바라보면서 모모세는 계단으로 향했다. 나는 한숨을 내쉬며 모모세를 따라갔다.

1층 복도를 걷고 있는데 모모세가 내 오른손을 움켜잡으며 턱으로 무심히 전방을 가리켰다. 맞은편에서 미야자키 선배가 걸어오는 모습이 보였다. 그의 옆에는 한번 보면 잊을 수 없는 예의 그 여학생이 있었다.

간바야시 데쓰코 선배. 다시 마주친 선배는 모모세와 참 대조적이었다. 일단 걸음걸이부터 전혀 달랐다. 모모세는 약동하듯 활기차게 걷는 데 반해 간바야시 선배는 다소곳하게 걷는 모습이 마치 다도나 꽃꽂이에 능한 인물을 연상시켰다. 만약 내 인생이 만화라면 모모세가 등장할 때는 길고양이가 적을 위협하며 하악질 하는 배경이 나오고, 선배가 나오는 장면에서는 아름다운 꽃이 담긴 화병이 그려질 것이다.

"어이, 잘 지내?"

미야자키 선배가 걸음을 멈추고 내게 물었다. 간바야시 선배도 그 옆에 멈춰 섰다. 두 사람 모두 남다른 외모의 소유자답게 상대방을 압도하는 분위기를 풍겼다. 인간 레벨 90 이상. 당장 드라마에 출연해도 손색없는, 카리스마 넘치는 비주얼이다. 복도를 지나가던 학생들도 무슨 세기의 커플이라도 되는 양 두 사람을 쳐다봤다.

"아…… 어찌어찌 살아 있어요."

나는 바짝 긴장한 채 미야자키 선배에게 대꾸했다. 간바야시 선배의 얼굴을 도무지 쳐다볼 수 없었다. 우리가 사귀는 척하는 이유는 간바야시 선배의 의심을 피하기 위해서다. 그러니 간바야시 선배 앞에서만큼은 한 치의 실수도 용납할 수 없다. 갑자기 혓바닥에 쥐가 날 것 같았다.

"아이하라?"

간바야시 선배가 내 이름을 부르는 소리에 심장이 덜컹 내려앉았다.

"슌한테 들었어."

나를 향해 미소 짓는 선배의 얼굴을 보니 어깨에 경련

이 일어날 것 같았다. 그의 시선이 두려웠다. 내가 잔뜩 얼어붙어 우물쭈물하고 있으니 보다 못한 모모세가 손바닥으로 내 등을 퍽 하고 때렸다.

"입 좀 닫지?"

"미안."

"얘는 예쁜 사람만 보면 늘 이래요. 바보처럼."

모모세는 가방 모서리로 내 옆구리를 쿡쿡 찔러댔다.

"하지 마, 그만하라고."

"시끄러워. 죽는다, 너."

간바야시 선배는 재미있다는 듯 눈을 가늘게 뜨고 있었다. 어린아이의 웃는 얼굴처럼 무엇이든 정화해 주는 표정이었다. 선배가 이번엔 모모세를 보며 말을 걸었다.

"네가 모모세지?"

"제 이름을 어떻게 아세요?"

"그게……."

간바야시 선배는 머뭇거리면서 미야자키 선배와 눈을 마주쳤다.

"아, 신경 쓰지 마."

미야자키 선배가 난처한 표정을 지었다. 옆에서 간바야시 선배는 살짝 민망해할 뿐, 딱히 모모세와 미야자키 선배 사이를 의심하는 기색은 없었다. 그의 반응으로 추측건대, 얼마 전까지만 해도 간바야시 선배는 두 사람의 관계를 의심했던 것 같다. 다행히 이제 그 의심은 사라진 눈치다. 나와 모모세가 사귀는 사이라는, 이 꾸며낸 사실이 적어도 간바야시 선배 앞에서 공고히 유지되는 한, 그에게 미야자키 선배의 말은 진실인 셈이었다.

"그럼, 또 보자."

그렇게 말하며 미야자키 선배가 지나갔다. 간바야시 선배도 우리에게 가볍게 인사를 하고 그의 뒤를 따랐다.

"상냥한 사람이네."

두 사람이 복도 모퉁이를 돌아 사라지자 모모세는 그렇게 중얼거리며 다시 걷기 시작했다. 교문까지 가는 내내 우리는 아무 말도 하지 않았다. 아마도 똑같은 생각을 하지 않았을까. 우리는 간바야시 선배에게 죄책감을 느끼고 있었다.

그날 저녁, 미야자키 선배에게 전화가 왔다.

"그 열쇠고리 여태 안 버렸어?"

열쇠고리요?

"오늘 모모세가 뺏어갔지? 내가 어렸을 때 준 거. 언제까지 갖고 다니려고 했냐? 민망하게."

모모세가 말했군요.

"아까 모모세하고 통화했어⋯⋯. 오늘은 고마웠다."

모모세가 도와줬으니 망정이지 하마터면 실수할 뻔했어요.

"어쨌든 데쓰코가 오해를 풀긴 했어. 그래도 조금만 더 사귀는 척해 줘."

저하고 모모세가 갑자기 헤어지는 것도 좀 이상하긴 하죠⋯⋯.

"미안하다. 이상한 부탁이나 하고."

간바야시 선배, 좋은 사람 같았어요.

"데쓰코는 어린애 같은 구석이 있어서 의심할 줄을 몰라⋯⋯."

나와 모모세가 가짜 연인이 된 지 한 달이 지났다. 그사이에 한차례 장마가 지나가고 급격히 무더위가 찾아왔다. 7월에 접어들었을 무렵, 나와 간바야시 선배는 복도에서 마주치면 인사를 나누는 사이가 되었다. 이게 사전에서 말하는 지인이라는 걸까? 같은 반 남자애들은 나를 부러워하는 눈치였다. 예전 같으면 이 가식적인 관계에 혼자 흥분해서는 선배와 나눈 대화를 일기장에 한 글자도 빠짐없이 적어놓고 남몰래 히죽거렸을지도 모른다. 하지만 지금은 선배와 대화를 나눌 때마다 설렘은커녕 위가 따끔거릴 정도로 연기에 대한 중압감에 시달려야 했다.

모모세도 간바야시 선배와 인사를 나눴는데, 나와 달리 배짱이 두둑하고 순발력도 좋아서 그런지 선배 앞에서 무리 없이 자신의 역할을 소화했다. 한번은 두 사람이 나란히 서 있는 장면을 목격한 적이 있다. 모모세의 자연스러운 태도에 완전히 속아 넘어간 간바야시 선배는 그와 수다를 떠는 데 여념이 없었다. 꼭 전부터 아는 사이였던 것처럼 편안해 보였다.

"더블데이트, 들어봤지?"

쉬는 시간에 옥상에서 모모세가 말했다. 어깨까지 오는 머리카락과 치맛단이 바람에 나부꼈다. 여기서 데이트란 남녀가 날짜와 시간을 정해 만나는 것으로, 더블데이트라면 두 쌍의 남녀가 함께 야외에서 시간을 보내는 행위를 뜻할 터였다.

"아, 그거. 만화나 드라마 같은 데서 나오는 거잖아?"

"이번 주 일요일에 해보자. 어제 미야자키 선배한테 들었는데, 간바야시 선배가 넷이 같이 놀자고 했대."

"온종일? 넷이?"

학교에서도 부담스러워 죽겠는데 더블데이트라니.

"싫으면 처음부터 나랑 사귀는 척을 하지 말았어야지."

모모세는 나를 마치 지렁이 보듯 했다.

"할게. 당연한 거 아냐?"

내키지 않았지만 답은 정해져 있었다.

"오오! 다시 봤다, 너?"

모모세가 모처럼 나를 보며 웃었다. 또렷한 눈이 가늘어지면서 입술 사이로 이가 살짝 드러났다. 어떻게 거절하겠는가. 다 미야자키 선배를 위한 일인데.

일요일까지 남은 3일 동안 우리는 데이트를 준비했다.

"네가 역에서 내 학생수첩을 줍는 바람에 그걸 전해주러 온 거야. 어때?"

"전해주기보다 벤치나 어디에 두고 갔다는 쪽이 낫지 않아?"

옆자리에 앉은 모모세의 어깨가 전철의 흔들림에 맞춰 내 어깨에 닿았다. 창밖 너머로는 한적한 전원 풍경이 지나가고 있었다. 평소 같으면 학교를 나와 곧바로 헤어지지만, 그날은 데이트 준비로 모모세가 우리 집까지 따라오게 되었다. 기어코 내 사복을 검사하겠다고 고집을 부린 것이다.

전철의 속도가 점점 느려지더니 플랫폼에 멈춰 섰다. 이제 한 정거장만 더 가면 우리 동네다.

"학생수첩 줍는다는 설정에 너무 집착하는 거 아냐?"

모모세가 한숨을 쉬며 말했다.

"그럼 무슨 수로 여자를 만나?"

우리는 아이하라 노보루와 모모세 요우가 만나 사귀게 된 경위를 구상 중이었다. 간바야시 선배가 물어봤을 때 서로 다른 얘기를 하지 않도록 미리 입을 맞춰두려는 것이다. 하지만 고작 레벨 2인 내 머릿속에서는 지극히 전형적인 설정밖에 떠오르지 않았다.

"이런 건 어때?"

전철이 조용히 출발했다. 모모세는 맞은편 차창 밖을 바라보며 이야기를 시작했다.

"중학교 3학년 때, 내가 일요일에 사촌 동생을 데리고 마트에 간 거야."

"사촌 동생?"

"이제 겨우 세 살 된 여자아이. 그런데 하필 그날 마트에서 잃어버린 거지. 매장 안을 다 뒤져도 보이질 않았어. 해가 지도록 찾을 수 없어서 애가 밖으로 나간 것 같다고 점원한테 말하니까 경찰에 신고를 해주더라. 그렇게 정신

없이 마트 주변을 돌면서 찾고 있었는데⋯⋯."

전철이 점점 속도를 올리자 덜컹덜컹하는 소리가 빨라졌다.

"계속 돌아다니느라 기진맥진한 데다 동생 걱정에 제정신이 아니었어. 급기야 나중에는 사람들이 보든 말든 큰소리로 동생 이름을 불러댔지. 그랬더니 지나가던 남자가 다가와서는 무슨 일이냐고 묻더라고. 그 사람은 특이하게도 한 손에 《경영 전략의 기본》이라는 책을 들고 있었어. 내가 사정을 말하니까 함께 동생을 찾아주었어. 그렇게 두 시간을 더 찾다가 날이 완전히 깜깜해진 거야. 누가 애를 유괴했나, 아니면 어디서 사고가 난 걸까, 정말 별생각이 다 들더라고. 그런 나를 그네에 앉혀놓고 그 사람은 다시 혼자서 찾으러 갔어. 그때 그가 옆에 놓고 간 책이 눈에 들어와서 호기심에 펼쳐봤더니, 페이지 곳곳에 빨간 줄이 그어져 있고⋯⋯."

한동안 내 귀에는 덜컹덜컹하는 전철 소리만 맴돌았다.

"그래서 어떻게 됐어?"

"그 사람은 언젠가 큰일을 할 거야."

"응, 예전부터 미야자키 선배는 길 잃은 아이를 잘 찾았어. 그건 그렇고 《경영 전략의 기본》이라니 뜬금없네."

"잘은 모르지만, 해외에서 상품을 만들려고 해도 엔화가 싸서 아직은 어렵다는 내용이었어."

모모세는 여태껏 보여준 적 없는 온화한 표정을 짓고 있었다. 나는 애써 그의 옆모습을 외면했다. 전철이 멈추고 우리는 플랫폼에 내렸다.

모모세와 나는 역 근처 자전거 보관소에 세워두었던 자전거를 끌고 집까지 걷기 시작했다. 보이는 풍경이라곤 논밭밖에 없는 시골길이었다.

"이쪽 동네는 와본 적 있어?"

모모세는 미야자키 선배네 쪽을 바라보며 말했다.

"몇 번."

드디어 집 앞에 도착했다. 모모세에게 잠깐 밖에서 기다리라 하고 현관으로 들어가려는데, 그가 갑자기 날 불러 세웠다.

"나도 들어가면 안 돼?"

상상도 못 한 질문이었다.

"휴가라서 엄마가 집에 있어."

"뭐, 상관없지 않아?"

그는 말리는 나를 무시하며 무턱대고 집 안으로 들어갔다. 실례합니다. 엄마는 텔레비전을 보고 있었는지 모모세가 부르는 소리에 냉큼 거실에서 뛰어나왔다. 노보루 친구예요. 모모세는 대뜸 자기소개부터 했다. 엄마는 반색하며 모모세를 맞았다. 내가 여자애를 집으로 데리고 온 일이 처음이었기 때문이다. 알전구의 희미한 불빛만큼이나 존재감 없는 내가 여자애들에게 인기가 없을 거라는 사실은 엄마도 짐작하고 있었다. 그러니 오늘 같은 일은 기대도 하지 않았을 것이다. 엄마는 모모세에게 "초밥이라도 먹을래요?" 하고 물었다.

"신경 쓰지 마세요. 데이트 때 입을 옷만 고르고 금방 갈 거예요."

모모세의 말이 사실이긴 했지만, 자세한 내막을 알 리 없는 엄마는 마냥 좋아하며 그를 방으로 안내했다. 말려도 소용없었다.

"내 방보다 백만 배는 깨끗하네……."

방을 둘러보던 모모세는 의외라는 듯 중얼거렸다. 나도 그의 방을 상상해 봤지만 백만 배나 더 지저분한 방을 떠올리기란 쉽지 않았다. 엄마와 모모세는 옷장을 열고 데이트용 옷을 고르기 시작했다. 이 옷도 아니다, 저 옷도 아니다 하면서 내게 이런저런 옷을 대보며 상의를 거듭했다. 내 방에 엄마 말고 다른 사람이 들어와서 옷장을 열어보는 이 비현실적인 장면에 현기증이 일었다. 기억이 있는 어린 시절부터 우리 집에는 나와 엄마 둘뿐이었다. 그래서인지 동갑내기 여자애가 집 안에서 엄마와 대화를 나누고 있는 풍경은 왠지 낯설었다.

급기야 모모세는 엄마와 함께 저녁 준비를 시작했다. 금방 갈 거라고 해놓고 옷 고르기가 여의치 않자 결국 우리 집에서 저녁까지 먹게 된 것이다. 엄마는 초밥을 배달시켰다. 두 사람은 주파수가 잘 맞았는지 쉴 새 없이 수다를 떨었다.

"노보루가 여자 친구를 데려올 줄이야."

도대체 똑같은 말을 몇 번째 되풀이하는 건지, 솔직히 지겨웠다. 하지만 진심으로 행복해하는 엄마의 표정을 오랜만에 봐서 아무래도 상관없다는 생각이 들었다.

식사를 마치고 나는 역까지 모모세를 배웅했다. 들판에는 이미 어둠이 짙게 깔려 있었고, 군데군데 서 있는 가로등만이 길이 난 곳을 알려주었다.

"아버지 얼굴 기억나?"

"전혀."

"어머니, 좋은 분이시네."

"고마워."

"나를 보고 정말 좋아하시는 것 같더라……."

거짓말인데. 아마 우리 둘 다 속으로 같은 말을 삼켰을 것이다.

이야기를 나누며 걷다 보니 어느새 역에 다다랐다. 개찰구에서 헤어지려는데 모모세가 머뭇머뭇하더니 나에게 손을 흔들었다. 나도 쑥스러움을 무릅쓰고 손을 흔들었다. 그러고는 모모세의 뒷모습이 보이지 않을 때까지 개찰구 앞에 서 있었다.

다음 날 아침, 1학년 2반 남학생이 우리 반에 찾아왔다. 운동부 소속처럼 보이는 멋지게 생긴 녀석이었다. 그는 다짜고짜 너 모모세랑 사귀냐? 하고 물었다. 내가 고개를 끄덕이자 그는 노골적인 시선으로 내 전신을 훑었다. 이런 놈이 모모세랑……. 무언의 시선은 그렇게 말하고 있었다.

"나도 비슷한 일 있었어. 여자애들 셋이 찾아왔더라."

옥상에서 모모세가 내 머리카락을 자르며 말했다. 잘린 머리카락이 바람을 타고 이리저리 흩어졌다.

"아이하라 어디가 좋냐면서 심각한 얼굴로 묻더라고. 할 말이 없어서 혼났네. 진짜 누가 좀 알려달란 말이지!"

싹둑 하고 기분 좋은 소리를 내며 또 한 번 머리카락이 흩어졌다. 점심시간에 학생 식당에서 카레를 먹고 있는데 모모세가 내 머리 모양이 마음에 들지 않는다며 잘라주겠다고 했다. 그 바람에 옥상에서 머리를 자르게 된 것이다. 모모세는 어디서 구했는지 앞치마 같은 천을 내 목에 두르고는 나를 난간 옆에 앉혔다. 가위를 다루는 손놀림이 제법 그럴싸해서 처음에 불안했던 마음도 누그러지게 했다.

"그냥 민달팽이 같은 구석이 좋다고 했어."

"꼭 말을 해도. 심하네."

"칭찬이야."

"그게 무슨 칭찬이냐? 사람 맥 빠지게."

어느덧 7월, 머리 위로 하늘이 드높게 펼쳐져 있고 옥상에는 나와 모모세뿐이었다. 운동장에서 들려오는 아이들의 목소리가 아득하게 느껴져 마치 딴 세상에 와 있는 것 같았다. 머리를 자르는 것이 재미있는지 모모세는 휘파람을 불기 시작했다. 나는 아무 말 없이 구름을 올려다봤다. 부스스했던 머리카락이 조금씩 잘려나가더니 점점 머리가 가벼워지는 느낌이 들었다. 졸음이 몰려오고 하품이 났다. 눈을 감으면 몸이 하늘로 붕 뜰 것만 같았다. 애인이 있다는 것은 바로 이런 느낌일까?

"아, 진짜 살맛 안 난다."

나는 허공에 붕 뜰 것 같은 마음을 억누르며 말했다.

"민달팽이는 거짓말이야. 제대로 칭찬했어. 아이하라는 저렇게 보여도 배짱 있는 친구라고."

"더 살기 싫어졌어."

"어째서? 바보 아냐? 자, 다 됐다. 잘생겨지려면 한참 멀었지만."

그렇게 말하며 모모세는 나에게 손거울을 건넸다.

점심시간이 끝나고 오후 수업을 들었다. 자리에 앉아 선생님의 설명을 듣는 것도 잠시, 이내 가슴이 답답해졌다. 네 기분은 착각이야. 나는 상체를 숙이고 숨을 고르며 속으로 말했다. 연기에 너무 심취한 것뿐이야. 그러니까 더는 생각하지 마. 함께 있으면 즐겁다느니 기분 좋다느니 그런 생각은 아예 하지도 마. 한바탕 연극이 끝나면 넌 다시 혼자라고.

3

미야자키 슌.

선배의 아버님이 운영하던 신사복 가게를 지금도 똑똑

히 기억하고 있다. 초등학교 저학년 때 선배의 손에 이끌려 놀러 갔던 그곳은 넓은 부지를 자랑하는 교외형 매장이었다. 반들반들 윤이 나는 바닥에 은빛 선반과 옷걸이가 줄지어 있었다. 나와 미야자키 선배는 매장 안쪽에 쌓인 옷상자를 옮기는 걸 거들기도 했다.

선배의 아버님은 늘 가게에 나와 점원들 틈에 섞여 직접 손님을 응대했다. 점원들은 하나같이 그를 좋아했다. 꼭 백성에게 신뢰받는 왕처럼 보였고, 미야자키 선배와 나도 아버님을 존경의 눈빛으로 바라봤다. 그 가게는 선배의 아버님이 젊은 시절 창업한 곳으로, 그의 인생이 고스란히 담겨 있었다.

초등학교를 졸업한 뒤 미야자키 선배는 사립 중학교에 진학했다. 선배는 학업과 동아리 활동으로 바빠져 자연히 나와 놀러 나가는 일도 뜸해졌다. 우리는 언제부턴가 길에서 마주칠 때를 제외하고는 얼굴 볼 일이 없어졌다.

인생에서 딱 한 번 스포츠 경기를 관람한 적이 있다. 고등학교 입학 직후, 당시 농구부 주장이었던 미야자키 선배의 시합을 구경한 것이다. 팀원들은 다들 선배에게 공을 패스하며 그의 움직임에 맞춰 포지션을 옮겼고, 응원석에 모인 여학생들도 선배의 움직임을 한순간도 놓치지 않겠다는 듯 관람에 열중했다. 시합의 흐름도, 관객들의 환호성도, 체육관 바닥을 울리는 신발 소리나 공이 부딪치는 소리까지 모두 미야자키 선배를 중심으로 이루어졌다. 시합이 끝나고 팀의 승리가 결정되자 선배는 팀원들과 함께 기쁨을 나눴다. 모두에게 신뢰받는 모습이 그 옛날 선배의 아버님을 떠올리게 했다.

시합을 본 그날 저녁, 오랜만에 나는 욕실에서 다리에 난 흉터를 물끄러미 바라봤다. 흉터는 왼쪽 발목부터 시작해 허벅지까지 이어져 있었다. 부연 수증기 속에서 오래전 기억을 끄집어냈다.

다리에서 느껴지던 극심한 통증과 얼어붙을 것 같던 추위. 나는 초등학교 2학년 때 죽을 뻔한 적이 있다. 자전거를 타고 모험을 떠나겠다며 호기롭게 집을 나선 날이었다. 하필 왜 그런 곳에 굴러떨어졌는지. 마을에서도 한참 떨어진, 오가는 사람 하나 없는 지쿠고강 강변을 따라 난 길을 달리고 있을 때였다. 가파른 제방 위를 지나가는데 공교롭게도 자전거 체인이 풀리면서 그대로 경사면을 타고 굴러떨어졌다. 제방 아래에는 아무리 둘러봐도 자갈밖에 보이지 않았다. 풀 한 포기 없이, 강물에 모서리가 깎인 회색빛 돌로 덮여 있는 그 공간은 황량하기 그지없었다. 다시 제방을 오르려 했지만, 다리에 극심한 통증이 느껴져서 옴짝달싹할 수 없었다.

그대로 땅바닥에 누운 채 해가 지는 하늘을 바라봤다. 별이 하나둘 보이기 시작했을 때는 이미 다리의 통증은 사라졌고 발끝의 감각도 느껴지지 않았다. 한겨울인데도 가벼운 차림으로 나온 탓에 생명의 위협을 느끼며 혹독한 추위를 견뎌야 했다. 목이 다 쉬도록 소리를 질러봤지만 구하러 오는 사람은 없었다. 급기야 이가 딱딱 부딪치기 시작했다. 더는 소리칠 힘도 없었다.

나중에 들은 얘기로는 내가 하도 집에 돌아오지 않자 불안해진 엄마가 파출소로 달려갔다고 한다. 이웃 어른들까지 총출동해 나를 찾으러 다녔지만, 그들은 사고 지역보다 먼 곳에서 나를 찾아 헤맨 모양이었다.

눈을 떴을 때는 병원 침대였다. 두툼한 깁스에 감긴 왼쪽 다리는 조금만 움직여도 통증이 밀려왔다. 옆 침대에 미야자키 선배가 잠들어 있었다. 침대 밑에는 흙투성이로 널브러진 그의 신발이 보였다. 엄마 말로는 선배가 나를 업고 우리 집 초인종을 누른 게 밤 12시경이었다고 한다. 나를 업고 오느라 녹초가 되어 그대로 쓰러지고 만 것이다.

니시테쓰 구루메역에는 거대한 버스터미널이 있어 하루에도 수백 대의 버스가 오갔다. 미야자키 선배와 간바야시 선배, 모모세와 나는 약속대로 더블데이트를 하기 위해 그곳에 모였다. 사복을 입은 간바야시 선배와 모모세는 분위기가 또 달랐다. 한 사람은 도서실에 어울리고 다른 한 사람은 체육관에 어울리는 모습이었다. 그건 그렇고 휴일에 사이좋게 모인 남녀 무리라고는 공포영화에서 살해당하는 역할로 접해본 게 전부라, 나로선 살인마를 경계할 수밖에 없었다.

때마침 지나가는 여자아이가 미야자키 선배를 돌아봤다. 확실히 그는 사람들의 이목을 끄는 데가 있다. 나란히 걷고 있어도 사람들의 시선은 나를 지나 미야자키 선배에게로 향하기 때문에 나는 꼭 투명 인간이 된 것 같았다.

"머리 스타일 바꿨네."

미야자키 선배가 말했다.

"모모세가 잘라줬어요."

나는 뒤에 오는 두 사람을 의식했다. 몇 발짝 거리를 두고 모모세와 간바야시 선배가 이야기를 나누며 걸어오고 있었다. 긴장한 탓에 전날 밤 좀처럼 잠을 이루지 못한 나는 연신 하품을 해댔다.

그때 미야자키 선배가 영화를 보자고 했다. 딱히 이견이 없었던 우리는 〈위트니스〉라는 영화의 티켓을 사서 상영관으로 향했다. 로비에서 다음 입장을 기다리며 방금 예매한 영화를 비롯해 좋아하는 배우나 기억에 남는 대사 등을 주제로 대화를 이어갔다. 기본적으로 나와 간바야시 선배가 듣는 쪽이었고, 미야자키 선배와 모모세가 말하는 쪽이었다. 미야자키 선배가 좋아하는 남자 배우를 모모세는 싫어한다고 했다. 아무래도 우리는 취향이 영 안 맞네. 그러게요. 두 사람은 낭패라는 듯 말했고 나와 간바야시 선배는 그저 웃기만 했다.

하지만 속으로는 웃을 수 없었다. 이게 다 간바야시 선배를 속이기 위한 거짓말이 아닌가. 미야자키 선배와 모모세가 몰래 사귄다는 것은 서로 어딘가 비슷한 데가 있기 때문이다. 그러니 취향이 안 맞는다는 식의 말은 분명 거짓말이다. 대화가 거듭될수록 그들의 속내가 자꾸 읽혀서 나는 마치 격렬한 스포츠라도 한 듯 기운이 쭉 빠졌다. 거기에 수면 부족까지 겹치면서 속이 울렁거렸다.

"왜 그래? 안색이 안 좋아."

간바야시 선배가 나에게 물었다. 그는 아이처럼 말간 눈을 하고 있었다.

"어제 잠을 못 자서……."

"저기서 좀 쉴까?"

모모세가 걱정스러운 얼굴로 말했다. 미야자키 선배와 간바야시 선배를 남겨두고 우리는 로비 구석의 벤치로 자리를 옮겼다. 옆에 나란히 앉아 날 걱정하는 모모세는 누가 봐도 내 여자 친구였다. 그러나 이 와중에도 모모세는 우리 쪽을 쳐다보는 두 선배를 의식하고 있을 것이다.

"한심하게."

"어쩔 수 없잖아. 난 레벨 2니까."

"무슨 소리야?"

모모세가 내 팔 위에 손을 얹었다. 그의 손바닥 온기가 내 피부를 타고 몸속으로 전달되자 긴장으로 얼어붙었던 마음이 스르륵 풀리더니 이내 호흡이 안정되고 속도 가라앉았다. 누군가의 체온이 이렇게 사람을 진정시킬 수 있구나. 그래서 다들 연애가 어쩌고저쩌고하며 떠들어대는 거구나. 한창 이런 생각에 잠겨 있으니 어느덧 상영 시간이 다가왔다.

니시테쓰 구루메역 2층에는 식당가가 자리하고 있다. 영화를 보고 역으로 돌아온 우리는 고시엔이라는 오코노미야키 가게에서 점심을 먹기로 했다. 그곳은 나와 미야자키 선배에게 추억이 어린 장소다. 초등학교 저학년 때, 부모님 몰래 전철을 타고 몇 번인가 왔던 곳이기 때문이다.

"나도 여기 종종 왔었어. 부모님하고 역 앞에 오면 점심은 늘 여기서 먹었거든."

주문한 오코노미야키 4인분이 나왔다. 이곳은 점원이 완성된 음식을 가져다주는 방식이었다.

"나만 몰랐네. 왠지 소외된 기분이야."

간바야시 선배가 그렇게 중얼거렸다.

물론 가게를 두고 하는 말이다. 다른 뜻이 있을 리 없다. 오코노미야키를 입에 넣고 맛있다며 생글생글 웃는 간바야시 선배의 표정이 그 증거였다. 나는 간바야시 선배에게 감히 연애 감정 따위를 품은 것은 아니지만, 그의 표정이나 말투에서 인간적인 매력을 느꼈다. 선배의 꾸밈없는 반응을 볼 때면 나보다 연상인데도 사랑스러운 딸을 지켜보는 듯한 애틋한 마음을 느꼈다.

문득 미야자키 선배가 그를 두고 한 말이 떠올랐다. 데쓰코는 어린애 같은 구석이 있어서 의심할 줄을 몰라. 아닌 게 아니라 눈앞에서 해맑게 음식을 먹고 있는 그는 정말 어린아이 같았다.

"오코노미야키 처음 먹어봐."

식사를 마친 간바야시 선배가 문제의 발언을 했다.

"마을 축제 때, 포차 같은 데서 먹어본 적 없어요?"

모모세의 질문에 간바야시 선배는 고개를 가로저었다.

"식당에서는요?"

내 질문에도 그는 고개를 저었다.

"늘 예약하는 식당에만 데려가셨구나."

"응."

미야자키 선배의 말에 그는 고개를 끄덕였다. 간바야시 선배는 우리 지역에서 유명한 자산가의 딸이다. 집에 외제 차를 몇 대씩 두고 사는 비현실적인 환경에서 자랐다. 그 문제의 발언을 시작으로, 나와 모모세는 간바야시 일가의 생활상을 이것저것 들어볼 수 있었다.

"초등학생 때 일인데, 한 번씩 과자를 사 들고 우리 집에 오는 아저씨가 있었어. 난 그 아저씨가 사주는 과자를 참 좋아했는데, 정작 그분이 무슨 일을 하는 사람이고 아빠랑 어떤 관계인지는 잘 몰랐어."

얼마 후 견학차 방문했던 도청에서 간바야시 선배는 우연히 그 아저씨와 마주쳤다. 선배가 무심결에 어, 과자 아저씨다! 하고 외치자 인솔 담당 선생님의 얼굴이 새파랗게 질리고 말았다. 알고 보니 그 과자 아저씨는 현現 도지사였다고 한다.

점심 식사를 마치고 우리는 공원을 산책하기로 했다. 공원에는 가족 단위의 나들이객이 많아 전반적으로 온화한 분위기가 흘렀다. 미야자키 선배가 오늘 본 영화 얘기를 하면서 지나가는 길에 있던 벤치에 걸터앉았다. 영화는 단순한 줄거리였지만 깊이가 있었다. 네 사람 모두 만족했는지 저마다 감상을 덧붙이며 대화를 이어갔다. 나는 그제야 선배의 의도를 깨달았다. 그가 영화를 보자고 한 것은 우리 사이에 공통된 얘깃거리가 필요했기 때문이다. 게다가 영화를 보는 두 시간 동안은 굳이 대화를 나눌 필요도 없으니 간바야시 선배 앞에서 우리의 연인 행세가 들킬 확률도 그만큼 줄어든다. 어쩌면 미야자키 선배는 이 모든 상황을 고려해서 영화 관람을 제안했는지도 모른다.

내가 화장실에 가려고 일어서자 나도 갈래, 하며 간바야시 선배도 따라나섰다. 우리는 함께 화장실을 찾아다녔다. 그때쯤에는 연인 행세로 바짝 얼어붙어 있던 것도 많이 풀려서 선배와 진짜 친구처럼 얘기를 나눴다.

"아까 본 영화, 제목이 좀 특이해."

간바야시 선배가 걸어가면서 말했다.

"아미시라는 집단을 처음 알았어요."

미국의 일부 지역에는 종교상의 이유로 근대 문명과 단절된 채 살아가는 사람들이 있는데 그들을 아미시라고 부른다. 아미시가 사는 마을에는 전화는 물론 자동차도 없다. 이동에는 마차를 이용하고 옷도 검소하게 입는다. 영화 〈위트니스〉는 우연히 살인사건을 목격한 아미시 집단의 아이를 지키기 위해 주인공 형사가 아이의 집으로 숨어든다는 내용이다. 전근대 사회인 아미시 마을에 근대 문명에서 자란 주인공이 이방인으로 등장하면서 서로의 문화를 공유하는 모습이 흥미로웠다.

"석양 아래에서 아이 엄마랑 주인공이 키스하던 장면 기억나?"

아미시가 외부 사람과 사랑에 빠지는 것은 종교상 규율 위반이다. 이를 알면서도 아이의 엄마는 주인공 곁으로 달려간다.

"정말 그런 일이 가능할까요?"

나는 선배에게 물었다. 이질적인 문화와 역사, 종교관을 지닌 두 사람이 서로를 보듬어 안을 수 있을까. 영화 속 장면이 눈앞에 어른거렸다.

"석양 아래라면 괜찮지 않을까? 신도 눈감아 주겠지."

간바야시 선배는 태평스럽게 말했다. 선배는 어딘지

모르게 순진무구한 천사 같은 표정을 짓고 있었다. 그러고는 화단 앞에 멈춰 서서 꽃을 물끄러미 바라보다가 뜬금없이 꽃말을 알려주기도 했다. 분명 선배는 누구보다 이 일요일을 즐기고 있었다. 나는 친구로서 선배가 좋아졌지만 그만큼 자신이 혐오스러웠다.

나와 간바야시 선배가 화장실에 간 사이, 모모세가 화단에 떨어져 있던 고무공을 주워 왔다. 가족끼리 놀러 왔다가 잃어버린 모양인지 아직 때도 타지 않아 새것이나 다름없었다. 우리는 모모세가 주운 공으로 광장에서 캐치볼을 했다. 운동신경이 좋은 미야자키 선배나 모모세와는 달리 나와 간바야시 선배는 둔한 편이었다. 간바야시 선배는 운동에 적합하지 않은 복장이라는 핸디캡을 제외하더라도 결코 잘한다고 볼 수 없었다. 물론 운동신경이 좀 부족하다고 해서 그의 인간 레벨이 낮아지는 일은 없다.

캐치볼은 한적한 공원의 분위기와 잘 어울렸다. 하면 할수록 유대감도 생겨나서 마치 예전부터 넷이서 종종 캐치볼을 했던 것 같은 익숙한 기분마저 들었다. 그러던 도중에 미야자키 선배가 공을 놓치고 말았다. 모모세가 기세를 올려 너무 세게 던진 것이다. 떨어진 공은 차도 쪽으로 굴러가다가 마침 지나가던 자동차 바퀴 밑에 깔려 푸시식 하고 바람 빠지는 소리를 냈다.

"집에 가져가려고 했는데……."

찌그러진 공을 바라보며 모모세가 말했다. 우리는 슬슬 집에 돌아가기로 했다. 버스정류장으로 걸어갈 때부터 모모세는 말수가 급격히 줄어들더니 대화에 섞이려고 하지 않았다.

버스정류장 옆에 호즈키◆ 장터의 개장을 알리는 현수막이 걸려 있었다. 장소는 정류장 옆에 있는 식물원 앞 광장이었다. 버스가 도착하기까지 20분이나 더 기다려야 했기 때문에 우리는 호즈키 화분을 구경하면서 시간을 보냈다. 버스가 도착했을 때는 이미 하늘이 붉게 물들고 있었다. 우리는 버스의 맨 뒷좌석에 나란히 앉았다. 출발하고 얼마쯤 시간이 지났을까. 간바야시 선배가 초롱불처럼 생긴 호즈키 봉오리를 손바닥에 올려놓고 물끄러미 바라보며 말했다.

"땅에 떨어져 있던 걸 주웠어. 슌한테 주고 싶어서. 자, 가져."

그는 옆에 앉은 미야자키 선배에게 호즈키를 건넸다.

◆　여름에 피는 가짓과의 풀로, 액운을 막아준다는 속설이 있다. 일명 꽈리라고 부른다.

참고로 공기를 머금은 붉은색 봉오리의 정체는 호즈키 열매가 아니라 꽃받침 부분이라고 한다. 간바야시 선배는 본래 식물을 좋아하는지 상식이 꽤 풍부했다. 미야자키 선배는 그 봉오리를 잠시 바라보다가 나에게 말했다.

"난 니시테쓰역에 내려서 간바야시 바래다주고 갈게."

역 앞 버스터미널은 행인들로 몹시 북적였다. 먼저 내린 두 사람은 이내 인파 속으로 사라졌고, 버스에 남은 나와 모모세는 여전히 맨 뒷좌석에 앉아 있었다.

모모세는 창가에 기댄 채 스쳐 지나가는 빌딩 숲을 바라보았다. 지칠 대로 지친 우리는 둘 다 아무 말도 하지 않았다. 버스가 정차할 때마다 승객은 점차 줄어들었다. 곧 바깥은 어두컴컴해졌고, 버스 안의 형광등이 켜졌다.

"아무렇지 않을 수 있을까?"

모모세가 중얼거렸다. 창문으로 그의 얼굴이 비쳤다.

"저 사람은 분명 간바야시 선배를 선택할 텐데."

금방이라도 달려들 것 같던 매서운 눈빛은 찾아볼 수 없었다. 나는 심장이 차갑게 식어가는 것을 느끼며 자리에 앉아 있었다. 모모세는 이 뒤틀린 관계를 깔끔하게 정리하려는 듯했다. 시원시원한 성격답게 이제는 어쩔 수 없다는 것을 받아들이려는 모양이었다. 하지만 그게 마음처럼 쉽게 될까.

"캐치볼 할 때 좋았는데. 그냥 이렇게 넷이서 친구처럼 지내면 좋겠다."

우리는 JR 구루메역에서 내렸다. 한산한 역 앞 광장을 모모세는 아무 말 없이 종종걸음으로 걸어갔다. 나는 그를 뒤쫓아 갔다.

"왜 자꾸 따라와?"

모모세가 전방에 시선을 고정한 채 말했다.

"나도 전철은 타야지."

"그럼 좀 떨어져서 와."

모모세는 역으로 들어가더니 금세 자취를 감췄다. 이 대로 플랫폼에서 다시 모모세와 마주치면 어색할 것 같아 나는 개찰구로 향하는 대신 광장에서 시간을 때우기로 했다. 택시 승강장 근처에 이르자 저물어 가는 하늘이 머리 위로 펼쳐져 있었다.

몇 가지 기억이 뇌리를 스쳤다. 생명의 위협을 느끼며 바라봤던 강변의 살풍경. 꽁꽁 얼어붙은 몸으로 올려다본 겨울 하늘. 나를 구조하다 쓰러진 미야자키 선배가 다음 날 오후에야 병원에서 깨어났던 일.

넌 크면 뭐가 되고 싶어?

당시 초등학생이었던 미야자키 선배가 물었다.

난 아버지 가게를 물려받을 거야. 노보루, 그땐 널 고용할 수도 있어.

레벨 2인 나는 언제나 미야자키 선배를 동경하며 살아왔다. 지금도 존경하고 있다. 내가 아는 그는 일을 그르치는 법이 없다.

그때 어디선가 자동차 경적이 울렸다. 정신을 차려보니 택시 운전사가 날 빤히 노려보고 있었다. 나는 냉큼 인도의 후미진 쪽으로 비켜섰다. 길을 지나가던 사람들이 요란한 경적 소리에 놀라 돌아서서 나를 보고 있었다. 민망하기도 하고 자신이 한심하게 느껴지기도 했다. 울 것 같은 기분을 겨우 참고 있는데 누군가 말을 걸어왔다.

"아이하라?"

어떤 남자가 내 쪽을 바라보고 있었다. 사복 차림인 그는 처음이라 곧바로 알아보지 못했다. 내 앞에는 고등학교에 올라와서 사귄 유일한 친구, 하지만 모모세와 어울리면서 소원해져 버린 또 하나의 희끄무레한 전구, 다나베가 서 있었다.

4

역 근처 도넛 가게에서 마주 앉은 다나베에게 지금까지의 경위를 모두 털어놨다. 점심시간에 미야자키 선배에게 불려가 도서실에서 모모세를 소개받은 일. 간바야시 선배와 미야자키 선배, 모모세의 관계. 그들의 삼각관계 속에 얽히게 된 사연. 다나베는 묵묵히 내 말을 들어주었다.

"그동안 말 못 해서 미안해. 내가 무슨 여자 친구를 사귀겠어."

다나베와 나는 서로 비슷한 길을 걸어왔다. 인간 레벨 한 자릿수의 인생. 우리는 평범 이하의 용모에 성적이 좋은 것도, 운동신경이 뛰어난 것도 아니다. 거기에 사회 적응 능력은 다섯 살만도 못하다. 당연히 여자들이 좋아하거나 말을 걸어올 리가 없다. 모모세를 만나기 전까지만 해도 여자와는 평생 친구 한번 못 해보고 죽겠구나 싶었다. 아마 다나베도 다르지 않았을 것이다.

"머리 스타일 바꿨네. 단정해 보인다."

다나베가 내 머리를 가리키며 물었다.

"그저께 오후에도 지금 머리였지?"

"그랬나?"

"모모세가 잘라줬구나."

문득 포근했던 그날의 옥상이 떠올랐다.

"이제 가짜 행세는 무리야."

"어째서?"

"예전처럼 할 수 있을 것 같지가 않아."

"모모세가 진짜 좋아졌구나?"

나는 실소가 터지는 것을 억지로 참았다.

"애초에 그런 애 모르는 게 나을 뻔했어. 그냥 남남이었으면 좋았을 텐데."

모모세가 나한테 한 짓을 생각하니 정말 어처구니가 없었다. 말도 안 되는 짓이었다. 손을 잡질 않나 엄마의 말벗이 돼주질 않나, 게다가 머리까지 잘라주다니. 정도를 벗어나도 한참 벗어났다. 그간의 추억 하나하나가 언젠간 나를 구렁텅이로 밀어버릴 터였다. 치명적인 독약을 마신 것이다. 덕분에 나는 약해질 대로 약해졌다. 예전에는 혼자인게 아무렇지도 않았는데.

내 마음을 알아줄 사람은 나처럼 여자와 연이 없는 다나베뿐이다. 우리 같은 부류는 높은 곳을 바라보지 말고 분수에 맞는 삶을 살아야 한다. 함부로 누구를 동경하거나 좋아하지도 말고, 그저 겸손하게 조개처럼 가만히 있어야 한다. 남에게 피해도 주지 말고, 누군가의 눈에 띄어서 불쾌하게 하지도 말고 그냥 죽은 듯이 사는 것이다. 내 인생은 왜 이렇게 외롭고 초라하냐고 반문해서도 안 된다. 어차피 인간 레벨 2 아닌가. 남들처럼 살 수 있다는 생각은 버려야 한다. 꿈 같은 걸 꿔봤자 돌아오는 것은 시련뿐이다. 하지만 다나베는 고개를 저었다.

"넌 그렇게 여길지 몰라도 내 생각은 달라. 누군가를 좋아한다는 건 멋진 일 아냐?"

다나베는 어이가 없다는 표정으로 느릿느릿하게 말을 이었다.

"귀한 경험이야."

"내가 겪은 일이?"

"소중하게 여겨야 해."

다나베는 확신에 차 있었다.

"그런 멍청한 소리가 어딨어? 이런 감정은 차라리 모르는 게 백번 낫다고."

나는 분명 10년 후에도, 20년 후에도 열다섯 살 시절을 떠올리며 후회할 것이다. 굳이 몰라도 될 감정이었는데, 하면서.

"나는 알고 싶은데."

다나베가 말했다.

"난 태어나서 한 번도 느껴본 적 없어. 네가 말하는 그런 기분 말이야. 언젠가 나도 그런 마음의 병에 걸릴까? 정작 그때 가서는 내가 정말 바보였다고 생각할지도 몰라. 후회하면서 괴로워할지도 모르지. 그래도 난 어떤 감정인지 알고 싶어."

"거울을 봐. 우리는 실패작이야. 네가 말하는 그런 감정은 우리한테 괴물이나 마찬가지야. 마음속을 마음대로 헤집어 놔도 어떻게 막을 수가 없어. 그냥 몸 여기저기를 갈기갈기 뜯어 먹히는 기분이라고."

"괴물이라고? 그런 말은 처음 듣는다. 어느 동물원에 있는데? 한 번이라도 좋으니까 어떤 놈인지 한번 만나보기나 하자."

나는 기가 막혔다. 하지만 불쾌하지는 않았다. 고개를 떨구고 있는 나에게 다나베가 말했다.

"모모세한테 연락해 봐."

우리는 도넛 가게를 나와 플랫폼으로 향했다. 다나베는 반대쪽 방향의 전철을 탄다고 했다.

"고마워."

전철에 타려는 다나베에게 고개를 숙였다. 그를 만나

지 않았더라면 나는 모모세를 마음에서 지우고 미야자키 선배나 간바야시 선배와도 거리를 두었을 것이다.

"넌 다른 문제도 해결해야 하잖아."

"알아."

나는 고개를 끄덕이며 결심했다. 때마침 내가 타야 하는 전철이 플랫폼에 들어와 다나베와 헤어졌다.

집으로 돌아온 나는 거실에서 미야자키 선배에게 전화를 걸었다.

자전거를 길가에 세우고 제방에 서서 지쿠고강에 비친 달을 바라보았다. 강변은 제방에서 물가로 이어지는 내내 풀 한 포기 없었다. 눈에 보이는 거라고는 돌멩이뿐이었다. 그런데 신기하게도 어릴 때처럼 적막하게 느껴지지 않았다. 자전거를 세워두고 경사면을 내려가 보았다. 내가 기절했던 장소가 여기쯤이었나, 하고 어슬렁거리며 찾아봤지만 생각이 나지 않았다.

시계가 자정을 가리키고 약속한 시각이 되었다. 멀리서 오토바이 소리가 들려왔다. 제방 위를 미끄러지듯 달려오던 헤드라이트 불빛이 자전거 부근에서 멈췄다.

"여기 진짜 오랜만이다. 그게 몇 년 전이었지?"

미야자키 선배가 제방의 급경사면을 내려오며 말했다.

"8년 전이에요."

가까이 다가온 미야자키 선배가 주위를 둘러보았다. 제방 쪽에서 나는 벌레 소리가 주변 일대로 퍼지더니 메아리를 일으켰다. 살을 에는 듯한 바람은 이제 불지 않았다.

"제방을 걷고 있는데 네 숨소리가 들리는 거야."

8년 전 겨울, 내가 집으로 돌아오지 않았다는 소식에 어른들은 나를 찾으려고 온 동네를 헤매고 다녔다. 미야자키 선배도 찾아 나서려고 했지만, 아직 어리다는 이유로 집에 남아 있어야 했다. 그래서 그는 한밤중에 혼자 침실을 빠져나왔다. 지금의 내가 있는 것은 다 선배 덕분이다. 늘 그렇게 생각하며 살아왔다.

벌레 소리가 뚝 끊기더니 주위가 조용해졌다. 우리는 함께 강변을 걸었다. 자갈을 밟으며 물가에 다다르자 강물소리는 더 커졌고, 물비린내가 코를 찔렀다.

"그만 잊어버려."

새하얀 달빛이 미야자키 선배의 옆얼굴을 환히 비추고 있었다.

"내 덕에 살았다는 생각 때문에 무리한 부탁까지 들어주는 거 알아. 근데 이젠 잊어버릴 때도 됐어."

"지금도 존경하고 있어요."

"난 신이 아니야. 내 말에 무조건 따를 필요 없다니까. 차라리 날 원망해. 그냥 네가 써먹기 좋은 놈 같아서 이용한 것뿐이니까."

고개를 떨군 그의 얼굴에 그림자가 짙게 드리워졌다.

"모모세 일로 연락한 거지?"

제방에는 가로등도, 민가도 없었다. 달빛만이 강물의 파문을 따라 부서지고 있었다.

"나중에 어른이 돼도 형을 잊을 순 없을 거예요."

"말했잖아. 나 그렇게 좋은 사람 아니라고."

강변에 깔린 자갈 때문에 신발 뒤축이 삐걱거렸다. 같은 속도로 걸어도 선배 쪽이 늘 앞서간다. 다리 길이 때문이다.

"나랑 같이 우리 가게에 가지 않을래? 어릴 때 함께 놀았던 아버지 가게 말이야. 사무실에서 뭐 좀 할 게 있어."

강변에서 가게까지는 선배의 오토바이로 함께 이동했다. 밤바람을 맞으며 아무도 없는 논밭 사이를 활주하면서 우리는 어린애처럼 "와!" 하고 소리를 질렀다. 외곽에 자리한 미야자키 신사복 주차장에 오토바이를 세우고 내렸을 때는 초등학생 시절로 돌아간 듯 자지러지게 웃고 있었다.

"예전 같지 않지?"

직원용 출입문을 열며 미야자키 선배가 말했다. 가게 열쇠는 오토바이 열쇠고리에 달려 있었다. 못 본 사이에 선배 아버님이 운영하던 신사복 가게는 분위기가 완전히 달라져 있었다. 어딘지 좀 허름해진 데다가 어릴 때는 그렇게 커 보였던 곳이 지금은 작게 느껴졌다.

선배가 사무실 불을 켰다. 많은 사람이 분주히 드나들던 사무실은 이제 반쯤 창고나 다름없어 여기저기 상자가 쌓여 있었다. 아무래도 운영이 힘든 모양이었다.

"대학에서 경영학을 공부할 생각이야. 아버지를 도우려고."

나에게 의자를 권하면서 선배가 말했다. 미야자키 선배는 나와 마주 보고 앉아 앞으로 가게를 어떻게 운영할 생각인지 알려주었다. 그는 몇 가지 생각해 둔 아이디어가 있으니 이제 자금만 조달하면 된다고 말했다.

"다 괜찮아질 거야. 나는 한다면 하는 놈이니까. 너도 그렇게 생각하지?"

"그럼요."

미야자키 선배는 자리에서 일어서더니 먼지를 뒤집어 쓴 사무용 책상 서랍에서 노트와 볼펜을 꺼내 무언가 적기 시작했다.

"어릴 때 재밌었는데."

"여기 자주 놀러 왔었죠."

사무실 조명을 받아 거울처럼 변한 창문으로 미야자키 선배와 내 모습이 비쳤다. 언제 이렇게 커버린 걸까. 미야자키 선배가 글씨를 끄적거리는 소리가 희미하게 들렸다.

이윽고 선배가 종이를 뜯어 반듯하게 접더니 두 손으로 꼭 움켜쥐었다. 그러고는 편지에 기도라도 하듯 잠시 뜸을 들였다.

"지도를 그려줄 테니까 지금 가서 이 편지를 전해줘."

"어디로요?"

"모모세네 집."

우리는 다시 오토바이를 타고 제방으로 돌아왔다. 내가 자전거로 갈아타자 선배가 말했다.

"모모세한테 안부 잘 전해줘."

"네."

나는 미야자키 선배의 배웅을 받으며 출발했다. 20미터 정도 가다가 뒤를 돌아보니 오토바이에 걸터앉아 있는 선배의 그림자가 아직 제방에 어른거리고 있었다.

지도를 보며 세 시간을 헤맨 끝에 겨우 모모세의 집을 찾았을 때는 이미 동쪽 하늘이 밝아오고 있었다. 지도와 '모모세'라고 적힌 문패와 대문 맞은편으로 보이는 민가를 비교하며 여기가 모모세가 사는 집이 맞는지 몇 번이나 확인했다. 주위에 적당히 논밭이 펼쳐져 있고, 가로등과 우거진 수풀이 보이는 곳에 우리 집과 비슷한 가옥 한 채가 자리하고 있었다.

쉬지 않고 자전거 페달을 밟은 탓에 다리의 피로는 극에 달해 있었다. 그냥 걷는 것조차 마음처럼 되지 않아 울타리를 잡고 비틀거리면서 모모세의 방이 보이는 곳으로 겨우 걸음을 옮겼다. 미야자키 선배가 지도에 적어준 주의사항대로 길가에 면한 2층 유리창에 노란색 커튼이 드리워져 있었다.

"모모세!"

아직 세상 사람들은 자고 있을 시간이었다. 행여 다른 사람이 깨지 않도록 목소리를 낮춰 이름을 불러보고 돌멩이도 던져봤지만, 커튼은 꿈쩍도 하지 않았다.

하는 수 없이 담벼락을 올랐다. 담과 집 외벽 사이의 공간이 좁아서 일단 올라가기만 하면 창문을 직접 두드릴 수 있을 터였다. 워낙 체력이 부실해서 쉽지는 않았지만, 어찌

어찌 담벼락에 올라설 수 있었다.

"모모세, 일어나."

코앞에 있는 유리창을 손가락으로 두드렸다. 창 너머로 노란색 커튼이 흔들리더니 창문이 빼꼼히 열렸다. 이윽고 눈을 슴벅거리는 잠옷 바람의 모모세 모습이 보이자 두 다리의 피로가 말끔히 사라졌다.

"아이하라?"

모모세가 놀라서 창문을 열었다.

"너, 뭐 하는 짓이야!"

"편지 전해주러 왔어."

"편지? 무슨 소리야? 그건 우체국 일이잖아!"

"우표가 안 붙어 있는 거야."

편지를 꺼내 모모세에게 보여주자 그는 나와 종이쪽지를 번갈아 쳐다봤다.

"내려갈 테니까 밑에서 기다려."

모모세는 창가를 떠나 안쪽으로 들어갔다. 나는 시키는 대로 담벼락 밑에 서 있었다. 곧 대문이 열리는 소리가 들리더니 모모세가 잠옷 차림 그대로 슬리퍼를 끌고 나왔다. 그는 길가에 세워둔 자전거를 보고 화들짝 놀랐다.

"저걸 타고 왔어?"

"세 시간 걸렸어."

"어이가 없다."

"이거, 미야자키 선배 편지."

"미야자키 선배가?"

"전해달라고 하더라."

동쪽 하늘이 밝아졌다고는 해도 글자를 읽기엔 아직 어두웠다. 모모세는 근처 가로등 밑으로 걸음을 옮겼다.

빨려 들어갈 기세로 편지를 읽어 내려간 모모세는 살짝 빨개진 눈가를 소매로 훔치더니 긴 한숨을 내쉬었다.

"좀 걷자."

편지를 접으며 모모세가 말했다.

나는 자전거를 끌면서 모모세와 나란히 걸었다. 지쿠고강의 제방이 나타나자 눈앞을 가로막던 장애물이 사라지며 갑자기 시야가 확 트였다. 그의 집도 우리 집과 마찬가지로 지쿠고강 옆에 있었다. 서로의 존재를 모른 채 각자지쿠고강 상류와 하류에서 자랐다고 생각하니 왠지 기분이 묘했다.

"미야자키 선배는 사실 간바야시 선배보다 나를 더 좋아했을 거야. 편지에는 거짓말을 써놨지만."

"난 몰라, 안 읽었으니까."

"보통 이럴 때는 훔쳐 읽지 않니?"

"안 그래!"

"나라면 읽었을 거야."

"그래서, 뭐라고 쓰여 있는데?"

"우리 헤어지기로 했어."

"어째서?"

"서로 좋아해도 헤어질 수 있는 거야. 넌 아직 모르겠지만."

"응. 이해 안 돼."

"그게 너의 좋은 점이야."

"그럼, 이제 더는 연기할 필요도 없겠네."

"맞아, 우리 연기는 이걸로 끝이야."

날이 점점 밝아오자 제방은 멋진 전망을 드러냈다. 여름 특유의 후텁지근한 아침이었다. 제방 경사면에 무성하게 자란 초목이 파도처럼 바람에 일렁였다.

"와줘서 고마워. 솔직히 바보 같지만."

한동안 말없이 걷던 모모세가 멈춰 서서 말했다. 내가 고개를 저으며 이래저래 힘들겠지만 기운 내라고 말하자, 모모세는 대뜸 넌 속 편해서 좋겠다며 핀잔을 줬다. 나는 손을 흔들고는 자전거를 타고 20미터 정도 나아갔다. 모모세는 여전히 내 쪽을 바라보며 서 있었다. 자전거를 멈추자 그가 다가와서 말했다. 그냥 조금만 더 같이 걷자. 일단 집에 가서 옷 좀 갈아입고 올게. 그날은 월요일이었지만 우리는 학교에 가는 대신 온종일 제방을 거닐었다.

―――――――

"조금만 더 얘기하다 갈래요?"

난방으로 훈훈해진 커피숍에서 나는 간바야시 선배를 붙잡았다.

"좋아."

선배는 고개를 끄덕이고는 다시 자리에 앉았다. 우리는 커피를 한 잔씩 더 주문하고 창밖으로 보이는 후쿠오카의 북적이는 덴진 지구를 바라봤다. 언제부터였는지 높게 솟은 빌딩 사이로 눈발이 날리고 있었다.

"미야자키 선배는 도쿄에 갔다면서요? 저랑 엇갈렸네요."

"그쪽이 여러모로 편리한가 봐."

배를 어루만지며 대답하는 그는 더할 나위 없이 행복한 표정을 짓고 있었다.

미야자키 선배는 지금 새로운 점포 준비로 바쁜 듯했다. 자체 브랜드를 출시한 그는 중간 유통 과정을 생략해서 가격 거품을 빼는 데 성공했다. 그리고 전산으로 고객의 성별이나 나이 같은 정보를 취합하고 분석해 적절한 상품을 매장에 진열했다.

처음에 동남아시아에서 제품을 생산, 조달하자고 얘기가 나왔을 때는 비용이 문제가 되었다. 그때 자금을 융통해 준 쪽이 간바야시 선배 집안이었다. 결과적으로 간바야시 선배와의 결혼은 양쪽 집안 모두에게 득이 된 셈이다.

이게 바로 미야자키 선배가 선택한 인생이다. 만약 그가 간바야시 선배가 아닌 모모세를 택했다면 간바야시 집안의 원조는 없었을 것이다. 나와 제방에서 만났던 그날 밤, 선배는 소중한 두 사람 중 한쪽을 선택해야 했다. 나와 모모세의 연기는 그날부로 끝났다. 하지만 미야자키 선배의 연기는 지금도 계속되고 있는 것이 아닐까.

"선배가 돌아올 때까지 외롭겠어요."

"괜찮아. 매일 통화하니까."

아이처럼 천진한 말투는 고등학생 때나 지금이나 변함없었다. 많은 이들이 간바야시 선배를 보면 먼저 그의 외모에 홀린다. 하지만 내가 정말 좋아했던 것은 선배의 꼬이지 않은 솔직함이었다. 연인 행세를 그만둔 뒤에도 모모세와 나는 간바야시 선배와 대화를 나누곤 했다. 그의 꾸밈없는 말투는 마음을 편안하게 해주는 구석이 있었다.

"슌이 네 걱정 많이 했어."

"저를요?"

"계속 유급이었잖아."

"원래 대학 공부라는 건 쉬운 일이 아니거든요!"

"우리 회사에서 일해보면 어때?"

"이것저것 해보고 정 안 되면, 그때 부탁드릴게요."

"돈 빌릴 일 생기면 미리 연락 주고."

그 후로도 선배는 결혼식 에피소드와 신혼집 얘기를 들려주었다. 나는 이제 간바야시 선배와 마주 앉아 있어도 긴장하지 않는다. 더는 자신을 비하하지도 않고, 그냥 친구처럼 선배와 대화를 나눈다. 이런 변화에 마음이 놓이면서도 쓸쓸한 기분이 들기도 한다. 나의 10대는 이제 과거가 되었다.

"그러고 보니 저희 그때 호즈키 장터에도 갔었잖아요."

나는 이때다 싶어 이야기를 꺼냈다.

간바야시 선배는 변함없이 예쁘장한 얼굴로 나를 쳐다봤다.

"넷이 같이 놀았던 날 말하는 거야?"

"땅에 떨어진 호즈키, 버스에서 미야자키 선배한테 줬었죠."

간바야시 선배는 눈을 가늘게 떴다.

나는 손바닥에 땀이 났다.

"선배, 꽃말 잘 알잖아요. 호즈키 꽃말도 알고 있었던 거죠? 저는 반년 전쯤에 알았어요. 학교에 꽃말을 잘 아는 친구가 있어서 우연히 들었거든요."

호즈키의 꽃말.

배신, 부정, 외도.

우리 네 사람 중 가장 연기력이 뛰어났던 사람은 누구일까?

간바야시 선배는 미소를 짓더니 검지를 입술에 갖다 댔다. 아무한테도 말하지 마. 요염함이 흐르는 그 몸짓에서 여태껏 내가 알던 순진무구한 어린아이 같은 간바야시 선배는 찾아볼 수 없었다. 마치 처음부터 그런 사람은 없었다는 듯이.

간바야시 선배와 헤어지고 덴진 시내를 잠시 돌아다니다가 전철을 탔다. 그리웠던 니시테쓰 구루메역 플랫폼에 도착한 나는 모모세와 약속한 장소로 향했다. 고향에 내려오기 전, 모모세에게 연락해 니시테쓰 구루메역 앞에서 만나기로 했다.

마지막으로 나와 모모세의 뒷이야기를 조금 적어볼까 한다.

연인 행세가 끝난 후에도 우리는 계속 친구로 지냈다. 학교 옥상에서 잡담을 나누고, 학생 식당에서 같이 우동을 먹었다. 모모세는 다나베와도 친해져 셋이 함께 다니기도 했다. 나는 모모세에게 호감을 품고 있었지만, 나처럼 존재감 없는 애가 무슨 여자 친구인가 싶어 당시에는 고민만 하고 선뜻 고백하지 못했다. 그러는 사이 미야자키 선배와 간바야시 선배가 졸업하고, 시간은 흘러 어느덧 우리도 고등학교 3학년이 되었다. 다나베와 나는 각자 아이치현과 도쿄에 있는 대학에 진학했고, 모모세는 고향에서 취업 활동을 시작했다.

무사히 대학에 합격한 나는 도쿄에 방을 얻었다. 커다란 짐 가방을 들고 신칸센을 타고 상경하던 날, 모모세가 하카타역 플랫폼까지 배웅을 나와 주었다. 플랫폼에서 나는 모모세에게 실은 계속 좋아했다고 고백했다. 하지만 모모세는 하필 이런 타이밍에 그런 말을 하냐며 뿔이 나서는 고개를 휙 돌렸다. "모모세, 여기를 봐." 나는 쭈뼛거리며 말했다. 그러자 모모세가 길고양이 같은 눈으로 나를 돌아봤다.

해변에서

$$\boxed{1}$$

1976년, 일본의 뇌신경외과 학회는 다음의 여섯 가지 항목에 해당하는 상태가 3개월 이상 지속되는 환자를 식물인간으로 정의했다.

1. 자력 이동 불가능.

2. 자력 섭취 불가능.

3. 대소변을 가리지 못함.

4. 안구가 간신히 사물을 좇기도 하나 인식은 못함.

5. 소리는 내지만 의미 있는 발화는 불가능.

6. '눈을 떠라', '손을 잡아라' 등의 간단한 명령에 반응하기도 하나 그 이상의 의사소통은 불가능.

뇌사와의 차이는 생명 유지에 필요한 뇌간 부분이 살아 있다는 점이다. 그래서 식물인간은 자가 호흡이 가능하고 영양을 공급받으면 연명할 수 있다. 단, 식물인간 상태가 수개월간 계속되면 회복하는 환자는 거의 없다.

내 경우에는 익사 사고를 당한 지 3개월이 지나자 병원에서 퇴원을 종용했다고 한다. 회복 가능성이 희박하고 마땅한 치료 방법도 없는 환자는 병원의 입장에서 돈이 되지 않는다. 부모님과 언니가 다른 병원을 찾아봤지만, 받아주는 곳은 거의 없었다. 끝내 나는 집으로 옮겨져 가족들이 직접 돌보기로 했다.

부모님은 왕진을 와줄 의사를 구했다. 엄마와 언니가 내 몸을 닦고, 생리 여부를 확인해서 의사에게 알려주었다. 목에 가래만 껴도 질식사 위험이 있어 엄마는 한밤중에도 자다 일어나 내 목의 가래를 제거해 주어야 했다. 그 밖에도 욕창이 생기지 않게 자세를 바꿔주거나 배설물을 처리하는 등 나를 돌보는 데는 이래저래 손이 많이 갔다. 그나마 유동식은 그럭저럭 넘겼기 때문에 식사 때가 되면 누군가가 숟가락으로 음식을 떠먹여 주었다.

집 안에 고립되다시피 하며 나를 돌봐야 했던 부모님은 불안이나 고독과도 싸워야 했다. 과연 우리 딸이 깨어나서 다시 대화할 수 있을까 하는 생각에 몇몇 해외 사례를 찾아보며 위안을 얻었다고 한다. 긴 잠에서 깨어난 사람은 드물긴 해도 분명히 있었다. 어느 날, 나도 그런 사람 중 하나가 되었다.

태풍이 불던 날 저녁, 나는 눈을 떴다. 오랜 시간 무릎을 꿇고 앉아 있었던 것 같은 마비된 느낌이 온몸을 감쌌다. 밖에서는 번개가 치고, 빗방울이 창문을 두드리고 있었다. 엄마에게 말을 걸려고 했지만 목소리가 잘 나오지 않았다. 방문 옆에는 언니가 서 있었다. 언니는 마지막으로 교문 앞에서 헤어졌을 때와 사뭇 분위기가 달랐다. 게다가 품에는 갓난아기를 안고 있었다.

벽에 걸린 달력으로 눈길을 돌렸다. 2002년 11월. 갑자기 언니의 품에 안겨 있던 아기가 울기 시작했다. 나는 머릿속이 멍해서 상황 파악이 제대로 되지 않았다. 당황하는 나를 보며 언니가 말했다.

"네가 자는 동안 여기는 21세기가 됐어. 너는 지금 스물한 살이야. 믿을 수 없겠지만, 그 일이 있은 지 5년이나 지났어."

1997년 봄, 나는 무사히 고등학교에 입학해 언니와 같은 교복을 입게 되었다. 언니는 내가 한 학년 후배로 들어오는 것이 못마땅한 눈치였다. 얼굴과 머리 모양이 비슷했기 때문에 교복마저 같으면 헷갈리는 경우가 더 많아질 거라 여기는 듯했다. 나랑 언니가 같은 시간에 귀가하는 일은 거의 없었지만 그날은 우연히도 같은 전철을 탔다. 해안선을 따라 길게 뻗은 선로 위를 달리는 한 칸짜리 전철이었다. 우리는 버스만 한 전철 안에서 창밖으로 줄지어 있는 가옥들의 지붕과 수평선을 바라보았다. 이내 육지 쪽으로 움푹 들어간 해안선이 눈에 들어오더니 목조로 된 무인역에 도착했다.

전철에서 내려 언니와 함께 해안 도로를 걸었다. 잡목림 옆을 지나자 바다가 제 모습을 드러냈다.

그때 해변에 서 있는 한 소년이 눈에 들어왔다. 달랑 수영 팬티 하나만 걸친 그는 등허리가 새카맣게 그을려 있었다. 자그마한 키에 빡빡머리인 데다 날렵한 체형이었다.

"깜짝이야. 무슨 야생 원숭이인 줄 알았네."

소년을 목격한 언니가 무심코 감상을 내뱉었다. 소년이 뒤를 돌아봤고, 일순간 그와 나는 눈이 마주쳤다. 하지만 소년은 곧 시선을 떨구더니 바다로 뛰어들어 헤엄치기 시작했다. 나는 순간 오싹했다. 소년의 눈은 분노로 가득차 있었다.

"히메코, 요즘 시간 괜찮지? 부탁이 있는데, 혹시 아르바이트해 볼 생각 없니? 가정 교사 아르바이트. 보다시피 유리코는 저 모양이잖아. 누굴 가르칠 만한 사람이 너 말고 있어야지."

엄마가 나에게 아르바이트 얘기를 꺼낸 것은 토요일 저녁이었다. 언니는 거실 다다미 위에 엎드린 채 엉덩이를 긁으며 남자 친구와 한창 통화 중이었다. 내일 있을 데이트로 머릿속이 꽉 찬 언니는 내가 봐도 누굴 가르칠 만한 상황이 아니었다.

"가정 교사? 학생이 누군데?"

"이웃집 아이. 4월부터 등교 거부를 한다나 봐."

"이름은?"

"하이타니 고타로."

듣자 하니 아르바이트비도 주는 것 같았다. 마침 갖고 싶은 가방이 있던 터라 일단 해보기로 했다.

일요일인 다음 날, 나는 엄마와 함께 하이타니 씨 댁을 방문했다. 안내를 받아 들어간 응접실에서 햇볕에 그을린 소년을 만났다. 서로 얼굴을 확인한 우리는 둘 다 흠칫 놀랐다. 그 애는 꼭 뭐야, 그때 개잖아? 하는 표정이었다. 아무래도 내 얼굴을 기억하는 듯했다. 해변에서 봤던 바로 그 소년이었다.

고타로의 침대에는 만화잡지와 휴대용 게임기가 어지럽게 널려 있었다. 방 한구석에는 축구공과 매직으로 어설프게 칠한 모형 장난감 로봇이 나뒹굴었다. 이틀에 한 번씩 나는 그 방을 드나들었다. 초등학교 6학년 교과서를 그리운 마음으로 펼치고, 고타로를 의자에 앉혀놓고 공부를 가르쳤다. 하지만 고타로의 집중력은 10분을 채 넘기지 못했다. 금세 머리를 쥐어뜯고 연필을 집어 던지더니 침대로 올라가 버둥거렸다. 그러다가 바닥에 떨어지면 다시 일어나 괴상한 소리를 지르면서 문을 열고 도망가려고 했다.

"남자 친구 없지? 약속이 없으니까 이렇게 꼬박꼬박 우리 집에 오지. 불쌍하다. 그리고 누나는 가슴이 너무 없어."

"존칭은 좀 써줄래?"

"그럼 이제부터는 선생님이라고 부를게. 선생님, 뭔가 흉내 낼 줄 아는 건 없어? 애교가 좀 있어야지."

폭우가 쏟아지던 어느 날, 한창 공부를 가르치고 있는데 바깥에서 천둥이 치기 시작했다. 창문에서 빛이 번쩍하더니 벽에 크고 작은 두 개의 그림자가 졌다. 나와 고타로의 그림자였다. 이내 하늘이 갈라질 듯한 소리가 울렸다.

나는 책상 밑으로 숨고 싶었지만 고타로도 옆에 있고 해서
겨우 참았다.

"선생님, 천둥은 어떻게 치는 거야?"

고타로가 창밖을 바라보며 물었다. 그는 초롱초롱한
눈으로 다시 창문이 번쩍이길 기다리고 있었다.

"구름과 땅 사이에 생기는 전위차 때문이야."

"저니차?"

그때 창문에서 하얀빛이 번쩍이더니 쿵 하는 소리가
울렸다. 제발 그만하라며 울고 싶은 심정이었지만 열두 살
짜리 꼬마에게 비웃음을 사고 싶지 않아 태연한 척했다.

"선생님, 세상에 천둥이 필요해? 전기 낭비 아닌가?"

"신의 설계는 틀리지 않아. 천둥이 없었다면 생명도 태
어나지 않았을걸."

"정말?"

"생명의 근원이 탄생한 건 바다에 천둥이 치면서부터
야. 화학반응으로 아미노산이란 게 생겼는데 그 덕에 지금
의 인류가 존재하는 거지. 자, 그건 됐고, 이제 빨리 문제나
풀어."

"선생님 유식하다. 가슴도 없고 모르는 것도 없네."

수학 교과서로 녀석의 머리통을 때렸다. 콰쾅 하고 무

언가 갈라지는 소리가 났다. 물론 창밖에서 나는 소리다. 고타로는 잠시나마 얌전히 분수의 약분과 통분 문제를 풀었다. 하지만 문제집 페이지가 한 장을 넘어가자 늘 그랬듯 연필을 내던졌다.

"공부는 적당히 쉬면서 해야 더 잘된다고."

고타로는 책상에서 노란색의 네모난 물건을 꺼내 들었다. 언뜻 플라스틱 필통인 줄 알았는데 자세히 보니 오페라 안경이었다. 목에 걸 수 있는 끈도 달려 있었다. 딸깍 소리를 내며 두 개의 렌즈가 튀어나오더니 쌍안경 모양이 갖춰졌다. 의외로 만듦새가 훌륭했다.

"멋지지?"

"그건 어디서 났어?"

"누가 사줬어."

고타로는 오페라 안경으로 창밖을 바라봤다. 유리창 너머로 바다가 드넓게 펼쳐져 있었다. 잿빛 구름 아래로는 수평선이 부옜다.

"아, 천둥이다. 선생님, 바다에 천둥이 쳤어. 생명이 탄생했을지도 몰라."

매번 고타로를 가르칠 시간이 넉넉했던 것은 그의 말마따나 친한 이성 친구가 없었기 때문이다. 이게 닮은꼴 언니와 내가 결정적으로 다른 점이다. 내가 남자와 어울리는 모습은 나 자신도 상상이 가지 않았다. 내 취미는 예습과 복습, 그리고 국어 교과서 암기다. 인생의 바이블처럼 여기는 책은 도쿄의 모 대학교수가 쓴 《시간과 공간의 시집》이다. 유일한 자랑거리는 초등학교 1학년 입학식 때부터 고등학교 1학년인 지금까지 단 한 번도 학교를 빼먹지 않았다는 것. 하루라도 수업에 빠지면 진도를 따라가지 못할까 봐 두려웠다. 그래서 늘 좋은 컨디션을 유지하려고 노력했다. 밤 10시에는 잠자리에 들고 음식은 꼭꼭 씹어 먹었다. 언니는 그런 나를 외계인이냐며 놀려댔다. 그러니 남자 친구가 생기기는커녕 결혼도, 출산도 나에게는 평생 요원한 일일 것 같았다.

"학교를 빼먹은 적이 한 번도 없다는 게 정말이야? 대단하다. 완전히 철의 여인! 거기다 가슴도 평평하고. 인간 레벨 자체가 다르네. 근데 왜 그런 사람이 등교 거부 학생을 가르쳐? 그냥 놀리려고 오는 거 아냐?"

처음에는 몇 번이고 주먹을 올릴 뻔했지만, 시간이 지날수록 점점 짓궂은 장난을 즐기게 되었다. 하굣길에 바다에서 헤엄치고 있는 고타로를 만나 같이 집에 걸어가거나 둘이서 길고양이에게 소시지를 나눠 주기도 했다. 나는 고타로의 빡빡머리를 툭툭 건드릴 때마다 막연히 나에게 자식이 있다면 이런 느낌이겠구나 싶었다.

도심에서 한참 떨어진 바닷가 마을의 더위는 9월에도 수그러들 줄 몰랐다. 아직 무더위가 한창이던 일요일, 나와 고타로는 모처럼 해변에 나가기로 했다. 오늘은 야외 수업을 하겠다고 하자 고타로는 뛸 듯이 좋아했다. 가정 교사를 시작한 지도 어느덧 3개월이 지났다. 하지만 여름은 아직도 끝날 기미가 보이지 않았다.

우리가 도착한 해변은 약 30미터 길이의 모래사장으로, 육지가 바닷물 일부를 손으로 감싸고 있는 형태를 띤 일종의 작은 만이었다. 언뜻 잿빛처럼 보이는 모래는 자세히 들여다보면 검은 알갱이와 흰 알갱이가 섞여 있었다. 그곳은 처음 도착했을 때만 해도 별 특이점이 없는 평범한 바다였다. 고타로가 그 검은 표류물을 발견할 때까지는.

"저게 뭐지? 시체인가?"

일렁이는 파도와 해변 생물을 한창 관찰하고 있는데 고타로가 물가에서 중얼거렸다. 고타로는 바다 한가운데 해수면을 가리키고 있었다.

순간 등골이 오싹했다. 바다 위에 시커먼 물체가 떠다니는 것이 보였다. 길고 가느다란 형태에 크기도 사람과 비슷했다. 하지만 멀어서 제대로 분간하기가 어려웠다.

"통나무겠지."

분명 통나무였다. 한동안 파도에 실려 둥둥 떠다니던 통나무는 이내 가라앉았더니 다시는 떠오르지 않았다.

"사람 맞아. 물에 빠져서 떠밀려 온 거라고."

"그냥 나무라니까."

밀려오는 파도가 어쩐지 불길하게 느껴졌다. 무언가를 감쪽같이 집어삼키고는 아무 일도 없었다는 듯 파도 소리가 천연덕스럽게 이어지고 있었다. 고타로는 심각한 눈빛으로 바다를 응시했다. 처음 마주쳤을 때 분노로 가득했던 그의 시선이 떠올랐다.

"처음 만났을 때, 기억나?"

"선생님, 언니하고 같이 있었지?"

"왜 그렇게 화가 났었어?"

"이바라를 생각하고 있었어."

"이바라?"

"담임 선생. 원래 이름은 이하라인데, 하도 거만하게 굴어서 이바라♦라고 불러."

♦   일본어로 '이바루(いばる)'는 거만하거나 으스대는 태도를 말한다.

고타로의 등교 거부가 담임 선생님을 향한 불신 때문이라는 얘기는 그의 부모님에게 들어서 이미 알고 있었다.

"난 가시나무♦를 말하는 줄 알았어. 가시나무 알아? 가시가 비죽비죽 솟아 있는 식물. 왜, 잠자는 숲속의 공주가 사는 성 주변에 있다는."

"몰라, 그런 거 관심 없어."

고타로는 그렇게 말하고는 잠자코 바다를 바라봤다.

"이것 봐. 특이하게 생긴 모래알. 이거 다른 해안에서는 별로 못 보는 건데. 왜 그런지 알아?"

나는 모래 알갱이를 손바닥에 올려놓고 고타로에게 물었다. 뿔처럼 뾰족뾰족하게 생긴 모래알이었다. 유공충이라 불리는 원생동물의 사체로, 석회질 껍데기만 남아 모래사장으로 떠밀려 온 것이다. 이 알갱이가 유독 여기서만 발견되는 이유는 지형적 특성 때문이다. 바다가 육지 쪽으로 움푹 들어간 형태라 다른 곳보다 파도가 잔잔해서 생물이 살아남기 좋은 환경이다 보니 자연스럽게 원생동물의 사체도 많이 남아 있는 것이다. 즉, 이 해안은 원생동물들의 묘지나 다름없다. 하지만 고타로는 이런 내 설명을 듣지 않

♦ 일본어로 '이바라(いばら)'는 가시나무를 말한다.

았다.

"재미없어."

급기야 그는 퉁명스럽게 고개를 돌렸다.

"그럼, 오늘 수업은 이걸로 끝내자."

우리는 아무 말 없이 고타로의 집으로 향했다. 한적한 바닷가 동네에는 어디를 가나 해풍이 불었다. 고타로는 짜증스러운 표정이었고, 나도 부루퉁한 얼굴을 하고 있었을 것이다. 갈매기가 머리 위를 가로지르며 날아가고, 파도 거품이 바람에 실려왔다. 햇볕이 내리쬐는 곳곳에 잡초가 무성했다. 나는 땀을 닦으며 울고 싶은 심정으로 고타로를 앞질러 갔다.

1997년 9월 8일은 아침부터 날이 화창했다. 엄마는 늘 그렇듯 된장국을 끓였고 아빠는 어김없이 7시 반에 회사로 향했다.

점심시간에는 기타무라와 니시자와를 만나 도시락을 먹었다. 두 사람과는 중학생 때부터 친구로, 자주 서로에게 책을 빌려주곤 했다. 기타무라는 일본 순문학을 좋아했고 니시자와는 유럽과 미국 문학을 좋아했다. 밥을 먹고 교정을 거닐며 우리는 돌아가면서 여름방학 때 읽은 책에 관한 감상을 나눴다. 따사로운 햇살 아래, 꽃이 만발한 화단 주위를 나비가 우아한 날갯짓으로 맴돌고 있었다. 우리는 저마다 자신이 알고 있는 시나 소설 속 문장을 읊었다.

때마침 언니가 우리 앞을 지나갔다. 언니는 남자 친구와 다정하게 대화를 나누는 중이었다. 어제 다녀온 놀이공원 데이트가 어지간히 즐거웠던 모양이다. 마치 별세계에 있는 듯한 분위기를 풍기며 사라지는 두 사람을 보니 우리 세 사람은 왠지 기분이 떨떠름해졌다.

"우리가 너무 고리타분한가?"

기타무라가 심란한 표정을 짓자 니시자와가 다독이며 말했다.

"아니야. 그렇지 않아. 책이 얼마나 대단한 건데."

"하지만 보통 시 같은 거 잘 안 외우잖아……."

"안 외우긴 왜 안 외워. 전혀 고리타분하지 않아."

학교 수업이 끝나자 음악실 쪽에서 관악기를 조율하는 소리가 들렸다. 관악부 연습이 곧 시작되는 모양이었다. 나는 관악기 소리를 좋아한다. 관악기는 영어로 'a wind instrument', 즉 바람의 악기라고 불린다. 공기를 진동시켜 소리를 내기 때문인 것 같다.

집에 가려고 신발장 옆에서 실내화를 갈아 신다가 우

연히 언니와 마주쳤다.

"대체 연주는 언제 하는 거야?"

언니는 관악기 소리를 들으며 투덜거렸다. 아닌 게 아니라 부원들은 조율만 할 뿐, 곡을 연주할 기미가 없어 보였다.

"아직 다 안 모였나 보지. 그래도 난 뭔가 시작하기 전의 이런 시간이 좋더라."

"히메코, 집에 같이 가자. 가방 하나 들어줄게."

언니는 나와 달리 교과서를 학교에 두고 다니기 때문에 짐이 적었다.

"고마워. 잘됐다."

그렇게 말하며 새로 산 가방을 언니에게 건넸다. 그 가방이 더 가벼웠기 때문이다. 함께 교문으로 걸어가면서 언니에게 물었다.

"이번에 사귀는 사람은 몇 번째야?"

"세 번째. 그건 왜?"

"같은 반 친구?"

"중학교 때부터 알던 친구."

"그럼 예전부터 쭉 좋아했던 거야?"

"우정에서 애정으로 화학변화가 일어난 거지. 히메코,

너도 잘 찾아봐."

그때 모치즈키 히메코, 하고 내 이름을 부르는 소리가 들렸다. 돌아보니 도서실 창문에서 수학 선생님이 얼굴을 내민 채 손짓하고 있었다. 며칠 전 풀지 못한 증명 문제를 선생님에게 물어본 적이 있는데 지금 그 풀이를 알려주겠다는 것이었다.

"넌 공부가 그렇게 좋냐? 나 먼저 간다."

"응, 알았어."

내 갈색 가방을 손에 든 채 언니는 서둘러 교문을 빠져나갔다.

손잡이에 체중을 싣고, 전철의 흔들림을 느끼며 창밖을 바라봤다. 나란히 어깨를 맞댄 가옥들과 수평선 위로 석양에 물든 하늘이 눈에 들어왔다. 플랫폼에서 언니를 찾아봤지만 보이지 않았다. 먼저 출발한 전철을 타고 간 듯했다. 하는 수 없이 혼자 전철에 올라탔다. 선생님의 설명을 듣다 보니 어느새 시간이 훌쩍 지나가 버렸다.

내릴 역이 가까워지자 바다가 모습을 드러냈다. 저 멀리 해변에서 노니는 아이가 점처럼 보였다. 저물어 가는 태양이 아이의 그림자를 모래사장에 길게 늘어뜨리고 있었다. 분명 고타로일 것이다. 오늘도 헤엄을 치러 온 모양이다. 다행히 아직 더위가 가시지 않아 바닷물은 충분히 따뜻할 테다.

전철에서 내려 해안 도로를 걸었다. 이용자가 적은 길이라 그런지 주위에는 나밖에 없었다. 잡목림과 암벽 옆을 지나니 바다가 나왔다.

평소 같으면 고타로에게 말을 걸고 함께 시간을 보냈을 테지만 어제 싸웠던 일도 있고 해서 오늘은 그냥 지나치기로 했다.

석양이 온 세상을 붉게 물들이고 있었다. 바다도 모래사장도 내 손바닥도 온통 붉은색이었다. 바람조차 불지 않는 바다에는 오로지 고요하고 묵직한 공기만이 가득했다.

그때 느닷없이 요란한 물소리가 들렸다. 주위를 둘러보니 바다 한가운데서 물보라가 일고 있었다. 검은 물체가 떠다니던 바로 그곳이다. 수면 위로 허우적대는 가느다란 팔이 보였다. 모래사장에는 벗어둔 셔츠가 아무렇게나 놓여 있었다.

통나무일까, 시체일까. 고타로가 어제 본 검은 물체를 확인하려고 기어이 바다에 들어간 것이다.

"선생님, 살려주세요!"

고타로의 절박한 외침이 들렸다. 일단 가방에서 휴대폰을 꺼내 119를 누르고 잡초로 뒤덮인 가파른 경사면을 내달렸다. 모래사장으로 진입하자 발이 푹푹 빠졌다. 하지만 아랑곳하지 않고 해변을 향해 달렸다.

2

모든 생물은 바다에서 태어난다.

천둥으로 생겨난 아미노산.

긴 어둠이 계속된다.

내 몸은 바다 밑을 부유하고 있다.

바닷물에 용해되어 녹아내리는 기분이다.

때때로 누군가 내 이름을 부르는 것 같다.

플랑크톤이 나오는 꿈을 꾼다.

어패류라든가 공룡이라든가 빙하기의 꿈을 꾼다.

꿈에 원숭이가 불을 지른다.

점점 커지는 불길에 눈이 부시고, 급기야 아무것도 보이지 않는다.

온 세상이 빛으로 둘러싸이더니 무시무시한 폭발음이 들렸다. 천둥을 무서워하는 나는 폭발음에 놀라 눈을 떴다. 도대체 무슨 일이 일어난 걸까. 반쯤 열린 창문 사이로 비가 들이치고, 커튼 자락이 바람에 휘날리고 있었다. 창문을 닫아야 하는데 몸이 움직이지 않았다. 밖에서 또다시 불빛이 번쩍하더니 곧이어 엄청난 굉음이 울렸다. 이곳은 우리 집 방이었다.

엄마가 방에 들어와 창문과 커튼을 닫아주었다. 다이어트라도 한 걸까. 외양이나 분위기가 조금 달라 보였다.

엄마……. 목소리가 잘 나오지 않았다. 엄마가 기척을 느꼈는지 내 쪽을 돌아봤다. 무슨 일이냐고 묻고 싶었다. 왜 그토록 놀란 얼굴을 하고 있냐고.

엄마는 어딘가로 전화를 걸었다. 한 통은 의사, 다른 한 통은 누군가의 집이었다. 얼마 안 있어 누군가 우리 집에 찾아왔다. 비바람을 뚫고 한달음에 달려왔는지 온몸이 흠뻑 젖어 있었다. 나보다 훨씬 키가 큰, 이 멋진 청년은 대체 누굴까. 머릿속이 멍한 가운데에서도 나는 그가 궁금했다.

텔레비전에서 뉴스가 흘러나오고 있었다. 그간에도 가족들은 내가 심심할까 봐 텔레비전이나 라디오를 틀어두는 일이 많았던 모양이다. 내가 누워 지낸 곳은 1층에 있는 독방이었다. 원래 쓰던 공부방은 2층이지만 기저귀를 갈 때마다 계단을 오르는 것이 여의찮아 이쪽으로 옮긴 듯했다. 본래 텔레비전이나 스테레오 스피커가 없는 방이었는데 나 때문에 마련했다고 한다.

"5년 동안 의식은 있었던 거야?"

언니가 침대 곁에 걸터앉더니 갓난아기에게 수유를 시작했다. 결혼 후 옆 동네로 이사를 간 언니는 자주 아이를 데리고 친정집에 드나드는 듯했다.

"꿈, 꿨어. 원시의, 바다."

목이 잠겨 작은 소리밖에 낼 수 없었지만, 언니는 주의 깊게 내 말을 들어줬다. 창문 밖으로 보이는 날씨가 너무 화창해서 며칠 전 태풍이 거짓말 같았다. 바다 옆에 자리한 우리 집은 어디서든 파도 소리가 들린다. 어쩌면 그래서 바다가 나오는 꿈을 꿨는지도 모른다.

"그랬다면 다행이다. 잠들었던 거네. 몸을 움직이거나 말을 못 할 뿐이지 머릿속으로는 뭔가 계속 생각하고 있을까 봐 걱정했거든. 만약 그렇다면 너무 잔인하잖아. 의식이 있는 건 좋지만."

비록 머릿속은 흐리멍덩했지만 그래도 나는 나에게 일

어난 일을 이해하려고 애썼다. 아침에 눈을 뜨면 곧바로 달력부터 확인했다. 하지만 1997년으로 돌아가는 일은 없었다. 달력은 여전히 2002년 그대로였다.

나는 큰 소리로 말할 수도 없었고 몸도 손가락 끝만 겨우 움직였다. 아직은 침대에서 누워 지내야 했다. 의사는 재활 훈련을 받다 보면 조만간 다른 부분도 움직일 수 있을 거라고 했다.

그보다도 성가신 것은 아침마다 내 얼굴을 보러 오는 부모님과 언니를 마주하는 일이었다. 그들은 내가 다시 잠에서 깨어나지 않을까 봐 불안한 것 같았다.

초인종이 울리고 현관으로 마중을 나가는 엄마의 발소리가 들렸다. 우유를 다 먹은 아기가 언니의 품에서 조용히 잠들었다.

"21세기 됐을 때, 축하, 했어?"

"아니, 다른 때랑 똑같았어."

텔레비전에서 낯선 단어가 들렸다. 아까부터 뉴스 캐스터는 같은 단어만 되풀이하고 있었다. 무슨 일일까.

"9·11이, 뭐야?"

언니는 침통한 표정으로 설명했다.

"벌써 1년도 더 지난 일이야. 3천 명이 죽었어. 딱 이 아이가 뱃속에서 무럭무럭 자라고 있을 때였지. 너도, 애도 중계를 못 봤구나. 전 세계 사람들이 그 장면을 목격했어."

잘은 몰라도 내가 결정적인 무언가를 놓친 모양이었다.

"2001년 9월 11일에 미국에서 여객기 네 대가 공중 납치됐어. 그중 두 대가 뉴욕의 세계무역센터 초고층 건물로 돌진했지."

그때 어떤 남자 목소리가 들리더니 언니는 "어머, 어서 와"라고 말하며 미소 지었다. 방금 들었던 초인종 소리는 그가 누른 듯했다. 그는 내가 의식이 돌아온 이후 매일 병문안을 와주고 있었다.

"선생님은 좀 어때요?"

그가 침대 옆에 앉으며 물었다. 학교를 마치고 바로 온 모양인지 교복 차림이었다. 목소리 톤이 꽤 낮아졌다. 사고 당시 열두 살이었던 꼬마는 이제 어엿한 열일곱 살의 고등학교 2학년이 되었다. 고타로가 가정 교사였던 내 학년을 어느새 앞질러 버린 것이다.

회사에 휴가를 낸 아빠가 나를 업어 휠체어에 태웠다. 업힐 때 보니 아빠의 뒤통수에 흰머리가 희끗희끗 돋아 있었다. 나는 아빠가 밀어주는 휠체어에 앉아 동네를 한 바퀴

둘러봤다.

"미안해. 힘들게 해서……."

"괜찮아."

나는 이제 제법 목소리가 잘 나왔지만, 아빠는 여전히 과묵했다. 산책길에 고타로의 집 앞을 지나쳤다. 지금은 문패도 없고 아무도 살지 않는 빈집이다. 사고가 일어나고 반년쯤 지났을 무렵, 고타로의 가족은 옆 도시로 이사했다. 하지만 고타로는 자전거를 타고 거의 매일 우리 집을 찾아와 준 것 같다. 심지어 고타로의 온 가족이 간병을 지원해주고, 이번에도 내 의식이 돌아왔다는 소식에 고타로네 부모님까지 우리 집을 찾아왔다. 그들은 거의 무릎을 꿇다시피 하며 머리를 숙이고 거듭 감사 인사를 하다가 돌아갔다.

"시간이 많이 흘렀다고는 해도 그 아이 꽤 많이 변했어……."

"그건 그래."

"다른 사람 같아."

"고타로한테는 참 고맙지."

아빠는 휠체어를 밀면서 중얼거렸다. 매일같이 우리 집을 찾아온 고타로의 존재는 분명 부모님에게 큰 힘이 됐을 것이다.

나는 하루가 멀다 하고 찾아오는 문병객 맞이로 분주했다. 큰아버지 내외도 찾아와 우리 가족에게 연신 다행이라는 말만 되풀이하다 돌아가기도 했다. 덕분에 조용할 날이 없었지만 선물로 들어오는 과자만큼은 반가웠다. 무엇보다 다들 날 알아보는 것이 신기했다. 정작 나는 지금의 모습이 낯설었기 때문이다.

매일 손거울을 들여다봐도 열다섯 살의 고등학교 1학년생 모습은 찾아볼 수 없다. 더욱이 생일이 있는 10월도 지나 이제는 스물한 살이 되었다. 머리 모양도 당시와는 달라졌다. 내가 혼수상태였을 때 언니가 적당히 잘라준 모양이다. 하지만 언니는 손재주가 없는 사람이다. 지금 내 머리는 비에 쫄딱 젖은 강아지 꼴이었다.

나는 꾸준히 재활 훈련을 받으며 몸 상태를 사고 이전으로 돌려놓으려고 애썼다. 필사적으로 팔을 뻗어 찻잔을 집어 들었다. 그럴 때마다 근육이 녹슨 기계처럼 삐걱거렸다. 팔이 부들부들 떨리는 바람에 찻물이 손으로 흘러넘쳤다. 뜨겁긴 해도 그 감각이 반가웠다.

형부도 내 재활을 응원해 주었다. 형부는 모든 상황을 알고도 언니와 결혼했다. 내가 계속 혼수상태였다면 부모님이 돌아가신 후에는 언니가 나를 돌봐야 했을지도 모르는데 말이다. 형부는 살집이 있는 동그란 얼굴에 마음 씀씀이가 넉넉한 사람이었다. 사고 전 내 모습을 알지 못한 형부는 "처음 뵙겠습니다" 하고 내가 인사를 건네자 "이런 목소리였군요" 하며 감격을 감추지 못했다.

고등학교 친구였던 기타무라와 니시자와도 우리 집을 찾아주었다. 전화로 의식이 돌아왔다는 소식을 알렸지만, 두 사람 다 사는 곳이 멀어 금방 만날 수는 없었다. 내 소식에 수화기를 붙들고 한참을 울던 그들은 우리 집에 와서도 한동안 눈물을 멈추지 못했다. 두 사람은 내가 깊은 잠에 빠졌을 때 몇 번인가 병문안을 오고, 우리 부모님에게 격려의 편지도 써주었다고 한다. 그 편지는 지금도 소중히 보관하고 있었다. 고등학교를 졸업하고 벌써 대학교 3학년이 된 두 사람은 동창들 소식도 전해주었다.

"결혼한 친구도 있어."

"회사를 차린 애도 있다니까."

"마지막으로 헤어졌을 때 다들 고등학생이었는데……."

나는 여전히 고등학교 시절의 기억에 붙들려 있었다. 부모님은 내가 휴학생 신분이라 원한다면 복학도 가능하다고 말해주었다. 하지만 내 몸은 벌써 스물한 살이다. 다른 애들과 똑같이 학교에 다니면 분명 눈에 띌 것이다.

"오늘 만나서 반가웠어. 두 사람 다 예뻐져서 놀랐어."

돌아갈 시간이 되자 두 사람은 외투를 입으며 눈으로 모종의 대화를 나눴다. 그러더니 작은 목소리로 둘 다 대학에서 남자 친구가 생겼다고 알려주었다. 고등학교 점심시간에 다 같이 밥을 먹고 책 얘기를 나누던 때가 새삼 아득한 옛일처럼 느껴졌다. 시간은 끊임없이 흐르고 있었다.

12월 중순쯤 되자 휠체어 없이도 그럭저럭 걸을 수 있게 되었다. 옆에 보조가 있어야 했고 지팡이를 짚지 않으면 비틀거렸지만, 재활은 순조로웠다.

일요일에는 고타로와 해안까지 걷는 연습을 했다. 한바탕 연습을 마치고 콘크리트 계단에 걸터앉아 바다를 바라봤다. 구름 낀 하늘 아래 회색빛 바다가 요란한 소리를 내며 일렁이고 있었다. 갈매기가 이리저리 날아다니다가 모래사장으로 떠밀려 온 쓰레기를 부리로 쪼아댔다.

"자고 있다고 해야 하나, 어디 먼 곳에 있는 사람 같았어. 한 번씩 눈을 뜨기도 했는데 그건 반사 반응이라 하더라고. 그냥 인형 같았어."

고타로는 나에게 말을 걸고 책도 읽어주었다고 한다. 몸은 움직이지 못해도 사고하는 기능은 살아 있을 테니 곁에 있는 사람의 목소리가 들릴 거라고 믿었다는 것이다.

고타로는 눈을 가늘게 뜬 채 수평선을 바라보고 있었다. 부드러운 머리카락이 바람에 나부꼈다. 체형이 호리호리해서 꼭 철사로 만든 인형 같았다. 피부가 햇볕에 타지 않은 것은 부모님에게 운동을 금지당한 탓인 듯했다. 어쩌면 그날 일 때문인지도 모른다. 까불거리기만 하던 초등학생이 어느새 의젓한 고등학생으로 성장해 있었다. 고타로는 내가 다니던 고등학교에 입학했다. 한마디로 내 후배가 된 셈인데, 이제는 나보다 학년이 높아서 선배나 마찬가지였다.

"동아리는 어디 가입했어?"

"바둑부."

"바둑? 웬 바둑?"

"바둑 만화가 유행이거든. 의외로 여자부원도 있어. 얼마 전까지만 해도 없었다던데."

"네가 들어가기 전에는 없었던 거 아냐?"

이렇게 말한 데는 나름의 이유가 있었다. 뭐랄까, 그는 꽤 남자답게 성장해 있었다.

"따지고 보면 그런 셈이지."

"거기 여자애들, 분명 너 따라서 바둑부에 들어간 걸 거야."

"나? 무슨 소리야, 다들 바둑을 얼마나 좋아하는데. 나한테 이럴 때는 어떻게 하는 거냐고 질문도 엄청 자주 해. 하나같이 열심이야."

"바둑을 핑계로 너한테 말 한마디 걸어보려는 거겠지."

"누가 들으면 내가 여자애들한테 인기 좀 끄는 줄 알겠네."

"인기 많지 않아?"

"그런 건 만화에나 있는 얘기지. 여자애들한테 설문 조사 같은 거 하면 난 맨날 싫어하는 남자 베스트 3에나 들었다고. 물론 초등학교 때 얘기긴 한데. 이런 날 누가 좋다고 말을 걸겠어? 하여간 선생님은 아직도 연애를 몰라."

고타로는 그렇게 말하며 미소 지었다. 초등학생 때와 다름없는 미소를 보니 분명 내가 알고 있는 그가 맞았다.

커피라도 마실까 해서 우리는 바다를 뒤로하고 패밀리 레스토랑으로 향했다. 마을에는 5년 전에는 없던 새로운 도로가 뚫렸고, 그 길을 따라 비디오 대여점과 만화 카페가 줄지어 있었다.

"여기저기 참 많이도 변했구나."

"선생님은 무지각, 무결석이 늘 자랑이었는데. 인생에서는 늦잠을 좀 많이 잤네."

깨끗하게 정비된 가로수 길을 걸으며 고타로와 대화를 이어갔다. 그렇게 대화에 너무 열중한 나머지 지면의 턱이 진 곳을 미처 보지 못했다. 알아차렸을 때는 이미 발끝이 턱에 걸린 뒤였다. 몸이 균형을 잃어 비틀거렸고 놓쳐버린 지팡이가 아스팔트에 부딪히는 소리가 났다. 하지만 나는 넘어지지 않았다. 넘어지기 직전에 고타로가 날 안아준 덕이었다. 바로 옆 도로에서 자동차 몇 대가 쌩하니 지나갔다. 고타로가 내 체중을 떠받치느라 팔을 풀지 않는 바람에 우리는 몇 초간 그 자세 그대로 있어야 했다. 잠시 후 그가 팔을 풀어주었고 나는 다시 균형을 잡았다.

"조심해."

"응."

나는 고개를 끄덕이고는 아무 일도 없었다는 듯 걷기 시작했다.

패밀리 레스토랑에는 크리스마스 시즌에 어울리는 실내 장식이 가득했다. 창밖으로는 자동차가 쉴 새 없이 지나다녔다.

"……바다에 빠진 건 통나무였어."

고타로에게 사고 이야기를 듣는 것은 처음이었다. 고타로가 왜 그날 바다에서 헤엄을 치고 있었는지는 언니에게 들어서 알고 있었다. 짐작한 대로 고타로는 전날 바다에 떠다니던 물체가 통나무인지 사람인지 확인해 보려고 했다. 그런데 하필 바다 한복판에서 발에 쥐가 났고, 때마침 내가 지나가는 것을 보고 도움을 청했다고 한다.

"늘 사과하고 싶었어. 고마워. 그리고 미안해."

5년 전, 나는 바닷속에서 의식을 잃고 산소 결핍으로 심장이 멈췄다. 그 상태로 3분이 지나면 사망률 50퍼센트, 10분이면 소생할 가망이 거의 없는 상황이었다. 바다에 뛰어들기 직전 구급차를 불러둔 것이 그나마 다행이었다. 구급대원이 내 몸을 바다에서 건지고 응급처치를 위해 인공호흡을 했다고 한다. 생각하기에 따라 다르겠지만, 나는 그 해변에서 모르는 아저씨와 첫 키스를 한 셈이었다.

"왜 그렇게 실망한 표정이야?"

고타로가 내 얼굴을 쳐다보며 걱정스러운 듯 물었다.

"아무것도 아냐. 실망하긴."

"아까 넘어질 뻔해서 그런 거지? 괜찮아. 나는 익숙해."

고타로는 5년 동안 내 간병을 도우면서 몇 번이나 나를 안아준 적이 있는 것이다.

"체중이라면 신경 쓸 거 없어. 건강하다는 증거니까. 무거워져서 조금 놀라긴 했지만."

"실망했어. 방금."

집에 도착했을 때는 이미 해가 지고 있었다. 헤어질 때 고타로가 오토바이를 타면서 말했다.

"선생님 언니한테는 유리코 씨라고 부르거든. 그러니까 선생님한테도 히메코 씨라고 이름으로 부를게. 그러고 보니 두 사람 분위기나 행동이 똑 닮았어. 어릴 때는 멀리서 보면 누가 누군지 몰랐다니까."

"하지만 속은 전혀 달라. 언니 같은 성격이면 좋았을 텐데. 예전에 어떤 사람이 나한테 그러더라고. 애교가 없다고."

"어떤 멍청이가 그런 말을."

"너야, 그 멍청이가."

고타로는 황급히 시동을 켜고 출발했다. 고타로가 떠난 후에도 나는 한동안 집 앞을 서성거렸다. 창문 너머로 불빛이 새어 나오고 저녁밥 짓는 소리가 들렸다. 구름이 걷힌 밤하늘에는 깨끗하고 하얀 달이 떠 있었다.

크리스마스에 언니네 부부가 큼지막한 홀 케이크를 안고 우리 집을 찾았다. 고타로도 프라이드치킨을 들고 초인종을 눌렀다. 떠들썩한 크리스마스 파티를 마치고 어느덧

한 해의 마지막 날인가 싶더니 금세 2003년이 밝았다.

2월 1일에는 우주에서 작업을 마치고 귀환하던 우주 왕복선 컬럼비아호가 텍사스 상공에서 화염에 휩싸이며 승조원 일곱 명이 전원 사망하는 참사가 발생했다. 21세기에도 우주는 여전히 멀기만 했다.

이제 몸의 마비는 거의 사라졌다. 오른쪽 다리만 움직임이 굼뗬고 걸을 때 지팡이를 짚는 것 외에는 보통 사람들과 똑같이 움직일 수 있었다. 어디를 가나 꼭 지팡이를 챙기다 보니 이젠 지팡이가 세 번째 다리처럼 느껴졌다.

재활이 어느 정도 진척을 보이자 슬슬 진로가 걱정되기 시작했다. 앞으로 어떻게 살아야 할까. 고민을 거듭한 끝에 일단 졸업 학력 검정고시를 치르기로 했다. 줄여서 검정고시라고 부르는 시험으로, 거기에 합격하면 대학에 들어갈 수 있는 자격이 주어진다.

집에서 검정고시 책을 읽고 있는데 전화벨이 울렸다. 엄마가 외출 중이라 손으로 벽을 짚으면서 전화기가 있는 데까지 걸어가 수화기를 들었다.

"여보세요. 모치즈키입니다."

"히메코 씨 부탁합니다."

처음 듣는 여자 목소리였다.

"전데요."

"당신이 그 히메코 씨? 그럼 이제 하이타니 선배 좀 놓아주시죠."

하이타니 선배? 고타로를 말하는 건가?

"누구시죠?"

"여자 대표예요."

"대표? 무슨 대표를 말하는 거죠?"

"그건 알 거 없잖아요. 어쨌든 당신은 비겁해요."

"비겁?"

나는 머리를 긁적였다.

"옛날 가정 교사인지 뭔지는 몰라도 선배의 양심을 이용해서……. 하여간 이젠 하이타니 선배를 놔주세요!"

전화는 요란한 소리를 내며 끊어졌다.

3

고타로가 물에 빠진 곳은 해변에서 그리 멀지 않았다. 평소 같으면 가뿐하게 헤엄쳐 도달했을 거리였다. 문제는 물에 젖어 추처럼 무거워진 교복이었다. 가까스로 고타로에게 이르자 이번에는 고타로가 나를 붙들었다. 우리는 엄청난 물보라를 일으키며 차디찬 물속으로 가라앉았다.

수심은 내 키의 세 배 정도였다. 우리는 가라앉으면서 해변에서 목격했던 검은 물체를 보았다. 순간 다리에 추가 묶인 시체가 물속을 떠도는 줄 알았다. 그러나 실제로는 통나무가 곧추선 상태로 물속에 잠겨 있는 것이었다.

나와 고타로는 통나무 옆으로 가라앉았다. 표면이 매끄러운 2미터 길이의 나무 기둥은 뒤엉킨 어업용 그물에 감겨 있었다. 그물의 다른 한쪽은 바닥에 걸린 채였다. 그물이 통나무를 바닥에 메어두고 있던 것이다.

나는 버둥거리다가 우연히 통나무를 발로 찼다. 그물에 들러붙은 수초가 흔들리자 그물도 같이 흔들리면서 통나무를 감고 있던 부분이 조금 느슨해졌다. 산소 결핍으로 머릿속이 멍한 가운데서도 순간적으로 아이디어가 떠올랐다. 나는 고타로의 팔을 부여잡은 채 다시 한번 통나무를 발로 찼다. 이번에는 일부러 그물에 감긴 부분을 노렸다. 그러자 다행히도 매끄러운 표면 덕에 그물이 스르륵 풀렸다. 자신을 바닥에 옭아매던 그물이 사라지자 통나무는 해수면을 향해 떠오르기 시작했다.

있는 힘껏 고타로를 밀어 통나무를 붙잡게 했다. 거기

까지가 한계였다. 나는 곧 물거품 소리에 휩싸였다.

차가운 바다 밑바닥에서 나는 물에 몸을 맡긴 채 부유하고 있었다. 언뜻 바닥에 깔린 모래가 눈에 들어왔다. 유공충 껍데기가 섞인 모래 사이로 뉴욕에서 무너져 내린 건물의 파편이 보였다. 흡사 해골처럼 생긴 엄청난 양의 건물 잔해가 모래사장으로 밀려들었다. 그 순간 눈을 떴다.

창문으로 달빛이 새어 들어오고 있었다. 나는 침대에서 몸을 일으키고 심호흡했다. 방금 꾼 꿈 탓에 온몸이 땀으로 흥건했다. 5년 전, 꿈속에서 원시의 바다를 봤을 때는 기분이 평온했다. 하지만 21세기가 되고, 혼수상태에서 깨어난 후로는 바닷속에 가라앉던 광경만 꿈에 나왔다.

다음 날 점심, 필기도구를 챙기다가 가방 속에 5년 전 짐이 그대로 들어 있는 것을 발견했다. 학교에서 헤어질 때 언니에게 맡긴 갈색 가방은 그 후로 한 번도 쓰지 않은 모양이었다. 가방에는 내 교과서와 초등학교 6학년용 문제집도 들어 있었다. 당시 나는 선생님이었고 고타로는 학생이었다. 애틋한 기분으로 문제집을 바라보다가 가방을 들고 밖으로 나갔다.

지팡이를 짚고 해안 도로를 따라 역 쪽으로 걸어갔다. 5년 만에 다시 걸어보는 그 길은 이제 황폐해질 대로 황폐해져 갈라진 아스팔트 틈으로 잡초가 자라나 있었다. 이용하는 사람도 거의 없는 듯했다. 새 도로가 뚫리면서 버스를 타는 쪽이 더 편리해져 전철 승객도 줄었을 것이다.

바다는 예전과 다름없었다. 양쪽으로 툭 튀어나온 육지가 바다를 일부 감싸고 있었다. 나는 잿빛 모래사장에 서서 고타로가 물에 빠졌던 곳을 바라봤다.

어쩐지 나는 아직도 그곳에 가라앉아 있는 것 같았다. 지금의 이곳이 낯설게 느껴지는 탓이다. 여전히 나는 이 세계에 융화되지 못했다. 재활을 받고, 지난 5년 동안 일어난 일을 찾아보며 모르는 부분을 채워 나갔다. 하지만 한쪽 다리에 마비가 남아버린 것처럼 완벽하게 원상태로 돌아갈 수는 없었다.

학교를 지각 한 번 없이 열심히 다닌 것은 뒤처지는 것이 두려웠기 때문이다. 한 번이라도 수업을 놓치면 선생님과 동급생들은 다음 페이지로 넘어가고, 나만 뒤에 남겨질까 봐 불안했다. 지금의 내가 바로 그런 처지다. 언니도, 친구들도, 인류도 완전히 다음 페이지로 넘어가 버렸다.

수평선 근처에 배가 한 척 떠 있었다. 실제로는 거대한 유조선이겠지만 여기서는 작은 점처럼 보였다. 나는 가방을 움켜쥐고 패밀리 레스토랑으로 향했다.

삼각함수, 지수함수, 대수함수, 미분, 적분. 창가 자리에서 커피를 홀짝이며 공부하고 있는데, 저녁때쯤 갑자기 고타로가 교복 차림으로 나타났다.

"아주머니한테 물어보니까 여기 있다고 해서. 공부 중이야?"

"검정고시를 봐볼까 하고."

나는 필기도구를 테이블에 펼쳐놓고 있었다. 가게 안은 한산했다. 나처럼 공부 중이거나 노트북으로 일하는 사람이 몇몇 있을 뿐이었다. 고타로는 맞은편 자리에 앉았다.

"입시학원에도 다녀볼까 생각 중이야. 그때까지는 혼자 해보려고."

"깨어난 지 이제 3개월이잖아. 좀 더 천천히 준비하는 게 어때?"

"충분히 쉬었어. 슬슬 움직여야지."

내가 다시 수학 교과서로 눈을 돌리자 고타로도 커피를 주문하고는 가방에서 책을 꺼냈다. 도서관에서 빌린 모양이었다. 그 까불거리던 초등학생이 스스로 책을 읽다니. 나를 놀리려는 수작이 아닐까도 싶었지만 내가 공부하는 동안 그는 얌전히 독서를 이어갔다.

내 머릿속은 고등학교 1학년 1학기까지 배운 지식에

머물러 있었다. 그 너머에 있는 학문은 미지의 영역이었다. 교과서를 읽어도 이해할 수 없는 내용이 많았다. 20분 내내 수학 증명 문제로 끙끙대고 있으니 보다 못한 고타로가 책을 덮고 말을 걸어왔다.

"나 그 문제 아는데."

"정말?"

"맡겨봐."

고타로에게 노트와 펜을 건네자 그는 내가 낑낑대던 증명 문제를 거침없이 풀어나갔다.

"어떻게 안 거야?"

"반년 전에 배웠거든."

고타로의 풀이를 보며 이해가 되지 않는 부분을 물어봤다. 이 녀석한테까지 뒤처졌다는 생각에 억울함이 밀려왔다. 하지만 설명을 듣고 정답에 가까워지는 과정은 재미있었다. 마치 어둠 속에서 누군가의 손에 이끌려 목적지까지 함께 걷는 기분이었다. 내가 길을 헤맬 때마다 그가 여기라고 알려주는 듯했다. 5년 전에는 뭐든 내가 알려줘야 했는데 이제는 처지가 바뀌었다는 게 실감이 났다.

어느새 밖은 어둑어둑해졌다. 지나다니는 자동차 미등의 빨간 불빛이 성에 낀 유리창을 곱게 물들였다. 저녁때가 되자 식사 손님이 몰려들어 우리도 슬슬 나가기로 했다. 나는 필기도구를 갈색 가방에 도로 넣으면서 그에게 말했다.

"오늘 고마웠어. 공부 가르쳐 줘서."

"나한테 선생님이라고 불러."

"절대 그렇게는 안 되지."

"근데 그 가방, 유리코 씨한테 받은 거야?"

"아니, 내 거야. 왜?"

"예전에 유리코 씨가 갖고 있지 않았어?"

"오랜만에 열었더니 5년 전 문제집이 들어 있더라고. 너 가르칠 때 썼던 거. 아, 맞다. 너 만날 줄 알았으면 가지고 올걸 그랬어."

"됐어. 창피해. 그 시절은 떠올리고 싶지 않아."

"빡빡머리여서?"

"그냥, 내가 아니었던 거 같아. 히메코 씨 속 썩였던 기억밖에 없고."

"내 속 긁는 소리만 골라서 하긴 했지."

"놀리는 게 좋았어. 그때는 아직 초등학생이라 히메코 씨가 어른처럼 보였거든. 그래서 놀리는 재미가 있었어."

빡빡머리 소년 고타로를 몰랐더라면 지금쯤 나는 부끄러워 그와 말 한마디도 제대로 나누지 못했을 것이다. 늘 공부만 하고 이성과는 교류가 전혀 없던 탓에 남자에 대한 면역력이 형성되지 않았기 때문이다.

"3일쯤 전인가? 어떤 여자애가 네 일로 우리 집에 전화했었어."

이제 하이타니 선배 좀 놓아주시죠.

나와 고타로의 사정을 알고 있는 여자애가 어디선가 우리 집 전화번호를 알아낸 모양이었다. 나는 전화로 들은 얘기를 고타로에게 전했다.

"말하는 걸 들어보니 널 짝사랑하고 있는 거 같더라고. 느낌이 딱 오던데?"

"짝사랑? 나를? 대체 무슨 근거로 그런 말을 하는 건지 모르겠네."

"네가 학교에서 다른 사람한테 내 얘기를 했겠지. 하다 못해 바둑부 친구한테라도 말하지 않았을까?"

"그러고 보니 후배 여자애한테 말한 적이 있긴 해. 히메코 씨 관련해서."

"그럼 그 친구야! 그 아이가 너한테 마음이 있어! 어떻게 그걸 몰라?"

"확실히 자주 말을 걸어오고 항상 내 쪽을 멍하니 보고 있긴 해. 그래도 짝사랑이라니, 너무 나갔네."

"그런가?"

"왠지 모르게 내 사진을 보면서 한숨을 쉬길래 왜 그러냐고 물어보니까 그냥 우연이라고 하더라고."

"우연은 무슨 우연! 분명 뭐가 있다니까!"

"복도를 돌면 기다렸다는 듯이 나타나서 짐을 들어줄 때도 많긴 해. 하지만 선후배 관계라는 게 원래 그런 거잖아."

"너도 어지간히 둔하다!"

"걔는 날 싫어하는 것 같던데. 짓궂게 굴기도 하고."

"그래?"

"하루는 내가 동아리방에 없을 때, 멋대로 내 사인펜을 꺼내 가서 쓰고 있었어. 노트에 막 원을 그리던데?"

"그게 짝사랑이라는 거야! 짓궂게 구는 게 아니라고!"

중학교 시절, 친구가 좋아하는 남학생의 펜을 마음대로 빌려 가서 노트에 이름을 적었다. 좋아하는 사람의 것이라면 펜의 잉크조차 보물인 모양이었다. 나는 그런 타입과는 거리가 멀지만 그렇다고 짝사랑의 감정을 이해하지 못하는 것은 아니다.

"뭐, 중간부터 한 얘기는 농담이니까 안심해."

고타로는 해맑은 투로 말했다. 어디서부터가 농담이라

는 거야? 나는 어이가 없었지만, 한편으로는 마음이 훈훈해졌다. 그들은 한창 빛나는 학창 시절을 보내고 있었다. 친구들과 화단 옆에서 시를 읊던 그 아름다운 계절을 이제는 이 친구들이 만끽하고 있었다. 나는 잠을 자느라 다 보내버렸지만 고타로는 분명 돌아갈 수 있을 테다.

"아, 그리고 말인데. 내일부터 나한테 오는 거 그만해."

가게 안은 이미 만석으로 입구까지 손님들이 줄지어 있었다. 남자 점원이 약간 난처한 표정으로 우리 쪽을 쳐다봤다.

"너 때문에 내가 물에 빠져 혼수상태가 됐다고 생각하는 거 같은데, 이젠 괜찮아. 5년이나 우리 집에 드나들었잖아. 사과는 충분히 하고도 남았어. 다들 그렇게 생각할 거야. 그러니 너도 이제 제자리로 돌아가야지."

"제자리?"

"너도 하고 싶은 게 있을 거 아냐?"

고타로는 고개를 가로저었다.

"아직 모르나 보네. 나한테 제자리 같은 건 없어. 그때 다 부서졌거든. 난 아직도 그 바다에 있는 것 같아. 시간이 멈춰버렸어. 5년 전부터 쭉."

우리는 아무 말 없이 자리에서 일어나 계산을 마치고

밖으로 나왔다. 헤어질 때 고타로가 말했다.

"고백할 게 있어. 불러도 대답 없는 인형 같은 히메코 씨와 단둘이 방에 있었을 때, 나 히메코 씨한테 키스했어."

어둠 속에서 파도 소리만 조용히 들려왔다. 밤바다는 마치 우주 같다. 시야에 다 담을 수 없는 거대한 어둠에는 지금도 수많은 비밀이 잠겨 있을 것이다. 나는 집에 들어가기 전 잠시 바다를 바라보며 고타로가 한 말을 곱씹었다.

집 안에서 갓난아기의 울음소리가 들렸다. 오늘도 언니가 온 모양이다. 병원에 있던 시기를 제외하면 나는 태어나서부터 줄곧 이 집에 살았다. 하지만 언젠가 이곳을 떠나 홀로서기를 하는 때가 올 것이다. 나는 막연히 도쿄에 있는 대학에 진학하고 싶다는 생각이 있었다.

저녁을 먹은 뒤 거실에서 검지로 아기 볼을 꾹 누르며 장난을 쳤다. 이 아이가 자라 일본을 짊어질 사회인이 되고, 언니네 부부의 노후를 돌봐주는 상상을 해봤다. 아이는 너무나 귀여웠다. 하지만 연애와는 거리가 먼 공붓벌레로 살아온 내 삶에 있어서 남자 친구가 생기거나, 결혼해서 아이를 낳거나 하는 일은 벌어지지 않을 것 같았다.

"고타로랑 사랑싸움이라도 했어?"

혼자 침실에 있는데 언니가 곤히 잠든 아기를 안고 들어왔다. 내가 평소답지 않다는 걸 눈치챈 모양이었다.

"사랑싸움이라는 말은 사귀는 사람들한테나 쓰는 거야. 그러니까 언니도 괜한 생각 마."

"정말 그럴까?"

"나랑 고타로는 선생과 학생이야. 지금은 처지가 바뀌어서 고타로가 선배가 됐을 뿐이지."

"뭔가 복잡하네."

"누가 아니래."

언니는 내 침대에 걸터앉아 시트 표면을 손바닥으로 쓰다듬었다. 그의 옆얼굴이 석유난로의 불빛을 받아 오렌지색으로 물들었다.

"히메코, 넌 밤이면 늘 여기에 누워 있었어. 낮에는 아버지랑 고타로가 일으켜서 휠체어에 앉혔지. 고타로는 계속 이 방에만 틀어박혀 있었어. 네가 외롭지 않도록 말이야. 난 네가 부럽더라."

부러운 건 내 쪽이었다. 언니 옆에는 늘 남자가 있었고 인생을 거침없이 즐기는 것처럼 보였다.

"고타로의 마음은 언니가 생각하는 그런 감정이랑 달라. 내 안의 감정도 분명 다른 종류일 거야."

잠에서 깬 아기가 울기 시작했다. 왠지 나도 점점 슬퍼졌다. 고타로에게 어떤 감정을 느끼는 것은 분명하다. 하지만 이게 언니가 말하는 그런 감정인 걸까? 꼭 감은 아기의 눈에 투명한 물방울이 맺히더니 곧 흘러내렸다.

"그날 나도 바다에 떠 있는 고타로를 봤어. 해안 도로를 걷고 있을 때였지. 물론 그 아이가 고타로였다는 건 훨씬 나중에 알았지만. 당시에는 그저 물에 어떤 물체가 덩그러니 떠 있는 것처럼 보였어."

"사람인지 나무인지 구별이 안 됐어?"

"거리가 있었으니까. 내가 탄 바로 다음 전철을 타고 네가 왔나 봐. 그리고 예의 그 사고가 일어난 거지. 집에 전화가 걸려오고 정신이 하나도 없었어. 병원에 도착하니까 그 아이가 새파랗게 질린 얼굴로 서 있더라. 다행히 구조돼서 커다란 수건을 두르고 있었는데 원래 옷은 모래사장 어딘가에 두고 온 것 같더라고. 그땐 키가 작아서 정말 꼬마 같았어. 통나무를 붙들고 있는 걸 구조대원이 발견했대. 그런데 그 통나무에 불탄 자국이 있었다는 얘기 들었어?"

나는 고개를 저었다.

"통나무에 불탄 자국이 있었대. 아마 어디서 벼락을 맞고 부러진 나무가 떠내려왔을 거라고 하더라. 사고 나기 얼마 전에 요란하게 천둥 치던 날 있었잖아."

그 천둥 때문이라니, 정말 민폐가 따로 없었다. 언니가 어르고 달랜 덕에 아기는 곧 잠잠해졌다.

"고타로는 그날 전부 다 부서졌대. 언니, 내가 뭘 어떻게 해야 할까?"

언니는 진지한 얼굴로 말했다.

"고타로를 만나서 결혼하자고 해. 그 아이 놓치면 넌 평생 결혼 못 해."

물론 그 제안은 거절했다.

부모님에게 독립 계획을 털어놓자 엄마는 걱정을 감추지 못했다.

"그냥 동네에 있는 입시학원을 다니면 안 돼?"

불과 3개월 전까지 병상에 누워 있던 딸을 어느 부모가 독립시키려고 하겠는가. 언제 다시 몸이 안 좋아질지도 모르는 데다 장기간 혼수상태로 있다 깨어난 사람에게는 종종 후유증이 남는다. 내 경우에는 한쪽 다리에 마비가 남았다. 그래도 이만한 것이 기적이었다.

"마음 약해지기 전에 도쿄로 나가고 싶어. 나도 이제 스물한 살이잖아. 아르바이트랑 학업 병행하면서 홀로서

기 해야지.”

입시학원도, 살 곳도 스스로 정하고 싶었다. 부모님은 매일 전화하는 조건으로 내 독립을 허락했다.

우리 집에서 도쿄까지는 전철과 신칸센을 타면 두 시간 정도 걸린다. 중학생 때 친구들과 함께 가본 적은 있지만 혼자서는 처음이었다.

우선 몇몇 입시학원을 돌아보고 팸플릿을 가져왔다. 자취방 월세가 얼마 정도 되는지 궁금해서 역 앞 부동산에 붙은 전단을 둘러봤다. 생각보다 집세가 너무 비싸서 과연 내가 감당할 수 있을지 걱정스러웠다.

몸은 스물한 살이지만 16년 치의 경험밖에 없다 보니 나는 여러 면에서 서툴렀다. 그래서인지 어디를 가나 사람들이 어린애 취급을 하고 업신여기는 것 같았다. 그래도 다들 내 겉모습을 성인으로 여기기는 했고, 침대에 누워 지내야 했던 과거를 아는 사람도 없었다. 지팡이를 짚고 도쿄의 거리를 걷고 있으니 상쾌한 해방감이 느껴졌다. 이런저런 사람이 모여 사는 이 도시에서는 분명 나 같은 사람도 특별할 게 없을 것이다.

도시에서만 볼 수 있는 대형 서점에 들어가니 지난 5년간 보지 못했던 책들이 가득했다. 나는 좋아하는 작가의 책

을 잔뜩 사서 묵직해진 쇼핑백을 들고 역으로 향했다. 당일
치기로 다녀오겠다고 부모님과 약속했기 때문이다.

하얀 입김을 내뿜으며 인파 속을 걷는데 문득 석양으
로 물든 겨울 하늘이 눈에 들어왔다. 새삼 지구가 둥글다는
것을 실감케 하는 높고 투명한 하늘이었다. 나는 걸음을 멈
추고 고타로를 떠올렸다. 패밀리 레스토랑에서 만난 지 일
주일이 다 지나도록 그에게 연락하지 않았다.

나는 조금 생각할 시간을 달라고 했다.

고타로는 생각이 정리되면 연락해 달라고 말했다.

그날 이후 매일같이 그 아이의 얼굴을 떠올린다. 이렇
게 거리를 걷다 불현듯 그 아이의 눈빛과 몸짓이 떠올라 걸
음을 멈춘다. 이것이 예의 그 감정일지 모른다는 생각도 든
다. 지금이라도 당장 그 아이가 있는 곳으로 달려가고 싶
기도 하다. 그렇다고 섣부르게 마음 가는 대로 행동할 수는
없다. 고타로는 부채감과 책임감을 그 감정으로 오인하고
있는지도 모른다. 나도 내 감정을 믿어도 될지 잘 모르겠
다. 이 감정이 우정이 아니라고 딱 잘라 말할 수는 없지만,
내 마음이 확실해질 때까지는 그 아이와 거리를 두는 것이
맞다. 도심 속 하늘을 올려다보니 빌딩 꼭대기에서 빨간 불
빛이 깜빡이고 있었다.

다음 날 저녁, 우리 바닷가 마을에 눈이 내렸다. 두툼한 스웨터를 껴입고 2층 방에서 공부 중이던 나는 소리 없이 내리는 하얀 눈송이를 어두컴컴한 바다가 하염없이 빨아들이는 상상을 했다. 예전 같으면 자고 있을 시간이지만 도쿄에 다녀온 일이 내 공부 의욕을 자극했다. 아무리 문제를 풀어도 성에 차지 않았다. 새벽 1시. 연료가 떨어졌는지 석유난로의 불꽃이 작아지더니 이내 꺼지고 말았다.

마침 언니 방에 있던 작은 전기난로가 떠올랐다. 그 정도는 가벼워서 지팡이를 짚고도 어렵지 않게 들 수 있을 것 같았다. 사실 혼수상태에서 깨어난 후로 언니 방에는 별로 들어갈 일이 없었다. 언니가 결혼과 동시에 독립해서 이제 그 방은 창고나 다름없었다.

언니가 썼던 방에서 한참 전기난로를 찾고 있는데 어디서 본 듯한 물건이 눈에 띄었다. 책상 위에 먼지를 뒤집어쓴 채 놓여 있는 그 물건은 샛노란 빛깔을 띤 네모난 플라스틱 필통 모양이었다. 목에 걸 수 있는 끈도 있었다. 하지만 그 물건을 어디서 봤는지 기억해 내기까지는 시간이 좀 걸렸다.

"병원에서 주웠어. 아마 고타로 물건일 거야. 우연히 주웠는데 언젠가 돌려줘야지 하고는 까맣게 잊고 있었네."

한밤중이었지만 언니는 아직 깨어 있었다. 덕분에 전화로 자초지종을 들을 수 있었다. 내가 언니 방에서 발견한 것은 바로 고타로의 오페라 안경이었다.

"병원에서?"

"응, 병원에서 주웠어."

열어서 렌즈를 꺼내 보려고 했지만, 모래 같은 이물질이 끼었는지 쉽지 않았다. 펜 끝을 이용해 가까스로 사이를 벌리자 모래가 후드득 떨어지면서 두 개의 렌즈가 튀어나왔다. 오랜 시간 고집스럽게 감고 있던 눈이 드디어 떠지는 순간이었다.

3일 동안 많은 생각을 했다. 오페라 안경을 얼굴에 대고 먼 곳을 응시하면서 그리운 추억에 잠기기도 했다. 배율은 세 배 정도이지만 해안에 날아다니는 갈매기를 관찰하기에는 맞춤이었다. 문제는 아무리 머릿속에서 떨쳐내려고 해도 그 아이의 얼굴이 자꾸 어른거린다는 것이었다. 창가에서 바다를 바라보고 있는데 언니가 다가와 왜 우냐고 물었다. 나는 언니에게 아무 말도 하지 않았다.

나와 고타로는 아직도 1997년 그 해변에 있었다. 그 아이는 이제 몸도 다 자랐건만, 여전히 그 모래사장에 있다.

잿빛 구름이 하늘을 뒤덮고 있었다. 모래사장에 도착한 나는 파도에 떠밀려 온 판자를 지팡이 끝으로 쿡쿡 찌르거나 하면서 고등학교 시절을 추억했다. 당시 나는 무지각, 무결석이라는 대업을 이루어 보겠다며 컨디션 조절에 특별히 신경을 썼다. 행여 감기라도 걸릴까 싶어 셔츠를 바지 속에 넣어서 배를 보호하고 다녔다. 그때를 생각하니 괜히 민망한 기분이 들어 추위에 덜덜 떨면서도 히죽히죽 웃음이 나왔다.

"다행이네. 컨디션 좋아 보여서."

어느새 고타로가 조금 떨어진 곳에 서 있었다. 해안 도로에 세워둔 오토바이와 모래사장 위로 점점이 이어져 있는 그의 발자국이 눈에 들어왔다. 수업을 마치고 바로 왔는지 교복 차림으로 바닷바람에 실눈을 뜨고 있었다. 우리는 나란히 서서 해안가를 걸었다.

"2주 만이네. 초콜릿은 받았어?"

2003년 2월 14일. 여자가 남자에게 초콜릿을 주는 날이다. 보나 마나 고타로는 잔뜩 받았을 것이다.

"응. 근데 전부 의리 초콜릿이야. 여자들은 힘들겠어.

이런 걸 하나하나 챙겨줘야 하다니.”

“뭐 받았어?”

“손 편지도 같이 받았는데, 내용이 꼭 무슨 사랑 고백 같더라고.”

어떻게 하면 그걸 의리 초콜릿이라고 여길 수 있는 걸까. 나는 일단 주머니에서 초콜릿을 꺼냈다. 집에서 나올 때 부엌 선반에 있는 것을 집어왔다.

“자, 받아.”

고타로는 콩알만 한 20엔짜리 초콜릿을 손에 쥐고 고개를 끄덕였다.

“이건 의리 초콜릿 아니지?”

“아마 그럴걸.”

고타로는 방긋 웃더니 초콜릿을 주머니에 넣었다. 체온 때문에 녹으면 어쩌나 걱정하고 있는데 고타로가 좋은 생각이 났다는 듯 말했다.

“맞다, 모닥불. 우리 모닥불 피울래?”

“오늘은 웬일로 엉뚱한 소릴 안 하나 했다⋯⋯.”

“미안하지만, 내가 모닥불에는 좀 까다로운 편이야.”

우리 두 사람은 각자 땔감이 될 만한 것을 주워 모으기 시작했다. 해안으로 떠밀려 온 판자나 길가에 떨어진 쓰레기, 근처 잡목림에서 날아온 나뭇가지 따위를 모래사장으로 가져왔다. 나는 멋진 모닥불을 피워보겠다며 의욕을 보이는 고타로의 지시에 따라 움직였다. 마른 나뭇가지를 쌓아 작은 장작더미를 완성하자 슬슬 불안한 마음이 들었다.

"정말 할 거야?"

"나는 말이야, 그냥 장난으로 모닥불을 피우려는 게 아니야. 진짜 모닥불이 뭔지 보여줄게. 일단 라이터를 사 올 테니까 조금만 기다려."

그렇게 말하고 고타로는 역 앞의 허름한 담배 가게로 달려갔다. 나는 혼자서 모래사장에 앉아 밀려오는 파도를 바라봤다. 그것도 질리자 이번에는 지팡이 끝으로 모래사장에 연소반응식을 적어 내려갔다. 탄소 1몰과 산소 1몰에서 이산화탄소 1몰이 생성될 때 발생하는 연소열은 몇 킬로줄일까 계산했다. 정답은 393킬로줄이었다.

이윽고 고타로가 숨을 헐떡이며 돌아왔다. 교복 차림이라 사는 데 애를 먹은 모양이지만 그의 손에는 라이터가 들려 있었다. 고타로는 일단 바닥에 떨어져 있던 만화잡지를 찢어 불을 붙이고 마른 장작더미에 집어넣었다. 그러자 잔가지 끝으로 옮겨붙은 불씨가 점점 몸집이 커지더니 곧이어 장작더미에서 하얀 연기가 피어올랐다. 나는 사뭇 진지한 마음으로 모닥불을 바라봤다. 타닥타닥하고 나뭇가지 타는 소리가 났다. 우리는 대화를 멈추고 눈앞에서 뱀의 혓바닥처럼 흐느적거리는 불꽃을 응시했다.

연소는 열과 빛을 동반하는 산화반응이다. 탄소와 산소가 결합하면 빨간 불빛이 발생한다. 나는 고타로의 옆얼굴을 바라보다가 다시 불꽃으로 눈길을 돌렸다. 남녀 간의 연애사에는 둔감하지만, 사랑과 연애 감정의 차이를 생각할 때 나는 연소반응을 떠올린다. 사랑이 마음 상태를 말하는 것이라면 연애 감정은 마음 상태가 변할 때 방출되는 열을 뜻하는 것이 아닐까. 1층에서 2층으로 이어지는 계단을 오르다 보면 몸이 따뜻해지는 것처럼 말이다. 마음이 열을 내면서 넓고도 깊은, 애정이라는 단계로 한 계단 올라가는 것이다.

"예전에는 등교도 거부하고 공부도 싫어했는데. 지금 이렇게 성실하게 학교에 다니고 있다니 신기하네."

"어쩌다 공부 쪽으로 마음을 다잡은 거야?"

"히메코 씨가 깨어났을 때, 내가 열심히 살고 있지 않으면 실망할 테니까. 그리고 이번에는 내가 공부를 가르쳐주고 싶었어. 그래서 사고가 난 후로는 단 한 번도 학교를 빼먹지 않았지."

"싫어하는 선생님이어도?"

고타로는 나뭇가지로 모닥불을 뒤적였다. 그러자 나뭇가지에 불이 옮겨붙었다. 고타로는 그 모습을 물끄러미 바라봤다. 모닥불 속에서 나뭇가지가 튀는 소리가 들리더니 이내 불꽃이 솟구쳤다.

"이바라였나? 담임 선생님."

"응, 초등학교 5학년 때. 점심시간에 담임 흉내를 내면서 친구들을 웃겨주다가 그걸 들킨 적이 있어. 그 후로 이바라가 나만 집중적으로 못살게 굴기 시작했지. 다른 애들은 청소를 빼먹어도 눈감아 주면서 내가 게으름을 피우면 혼을 냈어. 늘 내가 무슨 짓을 하나 감시했지. 하루는 수학 시험을 앞두고 그러더라고. 만약 점수가 50점보다 낮으면 방과 후 공부를 시키겠다고. 나는 당연히 애들이랑 놀고 싶어서 열심히 했지. 하지만 결과는 47점이었어. 그런데 돌려준 시험지를 보니까 뭔가 이상했어. 정답을 적었던 칸에 오답이 적혀 있고, X 표시가 되어 있는 거야. 난 분명히 정답을 썼다고 담임한테 말했지. 그랬더니 들은 척도 안 하더라. 그때 그 인간 눈을 보고 알았어. 내 시험지 답안을 바꿔 쓴 거야. 나를 방과 후 교실에 집어넣으려고 일부러 내 답을 오답으로 고친 거지. 그건 반칙이잖아. 아무리 내가 미워도 해서는 안 되는 일이라고. 어른이 그런 짓을 하다니 믿을 수 없었어. 다른 선생님한테 말도 해보고, 부모님에게 도 얘기해 봤지만 아무도 믿어주지 않았어. 담임 흉내를 내지 않았더라면 좋았겠지. 하지만 내 잘못은 그 인간이 한 짓에 비하면 사소한 거잖아. 그나마 학년이 바뀌면 이바라 랑 헤어질 줄 알았는데 6학년 담임도 이바라가 됐어. 최악 이었지. 그래서 6학년 봄부터 학교에 가지 않은 거야. 그때 난 어른들이 싫었거든.”

고타로는 가지고 있던 나뭇가지를 모닥불 속으로 던져 버렸다.

“당시에는 히메코 씨도 어른처럼 보였어. 좋은 사람 같 긴 한데, 내심 이 사람도 이바라처럼 나를 싫어하면 어쩌나 싶었지. 히메코 씨를 믿어도 될지 모르겠더라고.”

“그래서 시험해 본 거구나.”

빨간 불꽃이 일렁이자 우리 두 사람의 그림자도 흔들 거렸다. 나는 주머니에서 오페라 안경을 꺼냈다.

“이거, 언니 방에 있더라.”

“잃어버린 줄 알았는데, 유리코 씨가 갖고 있었어?”

“병원에서 주웠다는데, 돌려주는 걸 까먹은 모양이야. 마지막으로 사용한 게 이 바다였지? 안에 모래가 있더라고. 왜, 그 별처럼 생긴 유공충 껍데기. 이 근방에서는 여기밖에 없잖아.”

“응, 마지막으로 사용한 게 이 바다야.”

“그것도 모래사장에서 쓴 건 아닐 거야. 넌 이걸 목에 걸고 바다 한가운데까지 헤엄쳐 가서 썼어.”

“왜 그렇게 생각해?”

“그날 구급대원이 나하고 널 구급차에 태우는 모습을 상상해 봤어. 정말이지 정신이 하나도 없었겠지. 그래서 넌 모래사장에 벗어둔 옷도 잊은 채 병원에서는 수건을 두르고 있었어. 언니가 말해주더라. 근데 이상하잖아? 그 와중에 오페라 안경만 챙겨서 병원에 가져왔다는 게. 그러니까 분명 넌 이걸 목에 걸고 있었던 거야.”

오페라 안경에는 끈이 있어서 목에 걸 수 있었다. 고타로는 그 안경을 목에 걸고 헤엄쳤던 것이다.

고타로는 받아 든 오페라 안경을 꼭 움켜쥐었다.

“히메코 씨 말이 맞아. 이미 다 알고 있었네.”

나는 고개를 끄덕였다. 5년 전, 고타로는 바다 한가운데에 빠졌다. 하지만 그건 전부 거짓이었다. 고타로는 물에 빠진 척했을 뿐이다.

바다 쪽을 향해 고타로가 걷기 시작했고 나도 고타로

를 따라 걸었다. 파도는 뭍으로 밀려들다가 다시 빠져나가는 운동을 무한히 반복했다. 모닥불에서 멀어지니 금세 찬 기운이 느껴졌다. 5년 전, 우리는 이곳에서 나무인지 사람인지 알 수 없는 물체가 바다에 떠다니는 모습을 목격했다. 고타로는 그 물체를 사람이라고 했고 나는 통나무라고 했다. 거리가 있어서 정확히는 알 수 없었다.

"그 전날 우리 싸웠잖아. 그래서 히메코 씨를 못 믿겠더라고. 난 증명하고 싶었어. 물에 빠진 나를 보더라도 히메코 씨는 분명 못 본 척 지나갈 거라고."

"바다 한복판에서 해변에 있는 사람의 얼굴을 알아볼 수 있었어?"

"아니. 나무인지 사람인지도 분간이 안 되는 거리였는걸. 그래서 이 안경을 들고 간 거야."

고타로는 오페라 안경을 내려다보았다. 회색빛 파도가 손을 뻗어 그의 신발을 적셨다. 멀리서 전철 소리가 들려왔다. 한 칸짜리 버스만 한 전철이 저 멀리서 마을을 가로지르는 것이 보였다.

"그날 난 전철이 도착할 때마다 바다로 들어갔어. 바다 한복판에서 선헤엄을 치며 히메코 씨가 지나가기를 기다렸지. 그러다 아무도 역에서 내리지 않으면 다시 모래사장으로 돌아오기를 몇 번이고 반복했어. 지나다니는 사람이 별로 없었기 때문에 멀리서도 교복 정도는 구분할 수 있었어. 히메코 씨가 오면 곧바로 물에 빠진 척할 생각이었지. 하지만 하나 조심해야 할 게 있었어."

5년 전 사고가 있던 날, 새로 산 내 갈색 가방은 언니가 들고 있었다. 최근에서야 들여다본 가방 안에는 당시에 썼던 짐이 그대로 들어 있었다. 5년 동안 한 번도 사용한 흔적이 없던 것으로 보아 언니가 그 가방을 들고 밖에 나갔던 것은 사고 당일뿐이었다.

얼마 전 고타로가 패밀리 레스토랑에서 내 갈색 가방을 봤을 때 언니가 준 것이냐고 물었다. 그는 사고 당일 언니를 봤다. 그것도 바다 한가운데에서. 고타로가 바다에 떠 있었다는 건 언니도 말해주었다.

고타로는 오페라 안경으로 언니가 지나가는 모습을 지켜봤다. 왜 그래야 했을까.

"엉뚱한 사람이 네 비명을 들을까 봐?"

"히메코 씨와 유리코 씨는 외모가 닮았으니까. 교복도 똑같았고."

나무인지, 사람인지. 언니인지, 동생인지. 바다 한가운데에서 고타로는 언니가 아닌 나를 향해 외쳐야 했다. 선생님 살려주세요, 하고.

"히메코 씨가 나를 외면하고 도망치면 그걸 약점 잡아 골려주려고 했어. 지금 생각하면 머리가 어떻게 된 거지. 히메코 씨가 바다로 뛰어들어 헤엄치기 시작했을 때, 그제야 이건 아니다 싶었어. 그냥 물에 빠진 척한 거라고, 모래사장으로 돌아가라고 알리려고 했어. 하지만 히메코 씨는 눈치채지 못했지."

"헤엄쳐서 네 근처까지 가긴 했는데 힘이 다 빠져버렸어. 반대로 이번에는 내가 물에 빠졌지. 나는 네가 나한테 매달린 줄 알았는데 그게 아냐. 네가 가라앉는 날 끌어올려서 구해주려고 했던 거야. 목에 건 오페라 안경은 보지도 못했어."

"구급대원이 달려오고 히메코 씨한테 인공호흡을 했어. 모두가 필사적인 얼굴이었지. 나는 무서워서 아무 말도 할 수가 없었어. 그 후로 5년 동안 침묵했어. 머리가 깨질 것 같더라. 어디를 가도 진정이 안 되고 누가 말을 걸어오면 무서워서 벌벌 떨었지. 난 히메코 씨 가족의 인생을 절반은 망가뜨린 거야."

철썩철썩 소리를 내며 일렁이는 바닷물 속에 고타로가 발을 담그고 서 있었다. 나도 그 옆에 섰다. 바다가 출렁일 때마다 무릎 근처에서 오르락내리락하는 수면의 움직임이 느껴졌다. 고타로는 수평선을 응시하고 있었다. 그의 옆얼굴은 지쳐 보였다. 가슴속이 문드러진 채 그의 소년 시절은 끝나버린 것이다.

"그래도 결국 이렇게 살았잖아. 넌 아무도 죽이지 않았어. 모닥불 옆으로 가자. 여기 있으니까 추워서 왠지 쓸쓸하네."

나는 고타로의 팔을 잡아당겼다.

"어쩌면 히메코 씨는 언제까지고 계속 회복하지 못했을지도 몰라. 그대로 할머니가 돼서 죽었을 수도 있고. 하지만 나는 매일 그 집에 드나들면서 마지막까지 함께하겠다고 생각했어."

모래사장 쪽을 돌아보니 불꽃은 무언가를 하늘로 올려보내는 의식이라도 치르듯 계속 타오르고 있었다.

"죄책감이나 양심의 가책도 있었을 거야. 하지만 좀 더 다른 감정이 마음속에 있다는 것도 알았어. 고문 같더라. 정말 머리가 어떻게 되는 거 아닌가 싶더라고. 그 감정에 비하면 죄책감이나 양심의 가책 따위는 아무것도 아니지. 그건 뭐랄까, 정말 숨이 멎을 것 같은 느낌이야. 슬프기도 하고, 괴롭기도 해. 그래서 나는, 매일 옆에 앉아서 히메코 씨를 부르곤 했어. 파도 소리가 들리는 조용한 방 안에서 계속 이름을 불렀어. 긴 잠에서 깨어나면 말하려고. 미안해요, 선생님. 히메코 씨, 미안해요. 시험하려고 해서 미안합니다. 그러지 않았어도 다 알고 있었는데."

당시 고타로가 바다 위에 떠다니던 검은 표류물을 발견했을 때, 그는 사람이라고 했고 나는 통나무라고 했다. 깊은 잠에 빠져 있던 나도 실은 어느 쪽인지 알 수 없는 상태였다. 내가 눈을 뜬 것은 아마 고타로가 내 이름을 계속 불러주었기 때문일 것이다.

우리는 모닥불로 돌아와 어깨를 맞대고 불을 쬐었다. 절대 촌스럽게 굴지 않겠다고 마음먹었건만 끝내 나는 코를 훌쩍이면서 눈물을 훔쳤다.

갈매기가 바다 위를 날아다니고 있었다. 해풍을 타고 높이높이 날아올랐다.

2003년 3월 말.

교문에 들어서자 거의 만개한 벚나무가 학교 건물까지 줄지어 있었다. 오랜만에 방문한 고등학교는 봄 방학이라 그런지 학생은 거의 보이지 않았다.

교무실에서는 한 여자 교직원이 TV에서 흘러나오는

공중폭격에 관한 보도를 보고 있었다. 그간 휴학 상태였던 나는 드디어 퇴학 신청서를 제출했다. 음악실 근처를 지나는데 관악기를 조율하는 소리가 들렸다. 관악기는 영어로 'a wind instrument'. 바람의 악기다.

바둑 동아리방에 가보니 고타로가 팔짱을 낀 채 바둑판을 진지하게 응시하고 있었다. 대국 상대는 남자 선배로, 바둑 동아리의 부장인 듯했다. 대국을 옆에서 볼 수 있게 해줬지만, 내 쪽을 흘끔흘끔 쳐다보는 몇몇 여자부원의 시선이 거슬렸다.

"이사 준비는 다 했어?"

"이제 집에 가서 얼른 해야지. 기념으로 건물 안도 좀 보고 싶은데 들어가도 될까?"

"조용히 다니면 괜찮을 거야."

우리는 동아리방을 나와서 조심조심 학교 건물로 들어갔다.

복도에서 가만히 귀를 기울이고 있자니 아이들의 웅성거림과 발소리가 들리는 듯했다. 내가 지냈던 교실에도 가보았다. 3학기♦까지 마친 교실은 깨끗하게 정리되어 있어

♦   일본의 초중고는 대부분 3학기제를 채택하고 있으며 보통 1월부터 3월이 3학기에 해당한다.

서 오히려 스산해 보였다.

창문을 열자 바람에 커튼이 나부꼈다. 밖에서 호루라기를 부는 소리가 들렸다. 운동장에서 육상부원들의 연습이 한창이었다. 곧 그리로 갈게, 라는 말에 알았어. 기다릴게, 하며 고타로와 연인 사이에나 나눌 법한 대화를 주고받았다. 앞으로도 이런저런 일이 많겠지만 우리는 괜찮을 거라고 고타로에게 말했다. 나는 너를 버리지 않았고 너도 나를 버리지 않았다고. 그러니 괜찮을 거라고. 우리는 함께 고개를 끄덕였다. 고타로는 동아리방으로 돌아갔고 나는 이사 준비를 위해 학교를 나섰다.

1997년 여름, 우리는 선생님과 학생이었다.

한바탕 다투고 난 뒤 우리는 해변 도로를 땀범벅이 된 채 걸었다.

고타로의 얼굴에는 짜증이 가득했고, 내 표정도 부루퉁했을 것이다.

이제는 아득히 먼 과거의 일이다.

지팡이를 짚고 교문을 향해 걸어가는데 음악실에서 관악기 연주곡이 흘러나왔다. 졸업식에서 들어봤던 곡이다. 긴 조율을 드디어 마친 모양이다. 나는 멈춰 서서 음악이 들리는 쪽으로 귀를 기울였다.

불어오는 바람에 앞머리가 흩날린다. 바람과 내 호흡이 섞여 서로 녹아든다. 나는 이제 바다에 가라앉는 꿈을 꾸지 않는다.

양배추밭, 그 목소리

1

국어 시간에 혼다 선생님이 《첫사랑》이라는 러시아 소설을 소개했다. 《첫사랑》은 그가 딱 우리 나이였을 때, 소설의 묘미를 알게 해준 책이라고 한다.

참고로 혼다 선생님은 작년부터 우리 고등학교에서 국어를 가르치고 있는 남자 교사다. 나이는 스물여섯, 교사가 된 지는 이제 겨우 3년째다. 여자애들에게 인기가 엄청난데, 특히 검정 뿔테 안경이 매력적이다. 마치 태어났을 때부터 쓰고 있던 게 아닐까 싶을 정도로 잘 어울렸다. 그래서 혼다 선생님 주위에는 그저 말이라도 한번 걸어보려는 학생들로 늘 북적였고, 나는 멀리서 그 모습을 바라보기만 했다. 나와 선생님 사이의 대화라고는 수업 시간에 선생님이 출석 확인차 내 이름을 불러주면, 왔다고 대답하는 것이 고작이었다.

"고바야시 구리코."

"네."

선생님의 목소리에서는 곧은 심지가 느껴진다. 마치 창공에 그려놓은 비행운 같다.

점심시간이면 선생님은 누군가 정성껏 싸준 도시락을 교무실에서 먹는다. 하얀 밥 위에 잘게 썬 고기와 생선 살 볶음을 얹은 덮밥이라고 하는데, 직접 본 다른 반 친구들은 애인과 결혼이 임박한 것이 아니겠냐며 수군거렸다. 그럴 때마다 내 심장은 덜컹 내려앉는다.

나는 동아리 활동을 하지 않아 방과 후에 딱히 할 일이 없었다. 하굣길을 함께하는 친구들과 한판 수다를 떨다가 집에 가는 경우도 있지만 그날은 곧바로 역 앞에 있는 서점으로 향했다. 《첫사랑》을 사기 위해서였다. 점원이 문고본에 커버를 씌우는 동안 나는 지갑 속 현금을 헤아리며 아르바이트를 좀 해야겠다고 생각했다.

계산대에서 받은 문고본을 손에 꼭 움켜쥔 채, 뭔가 또 읽어야 할 책이 있었나 기억을 더듬었다. 선생님이 그 밖에 언급했던 책이 있지 않았던가.

서가를 둘러보다가 신간 코너 앞에서 걸음을 멈췄다. 나란히 진열된 새하얀 표지의 책들이 유독 눈에 띄었다.

《음악관의 살인》 저자 기타가와 세이지

띠지에는 내가 좋아하는 평론가가 '올해 최고의 미스터리!'라고 극찬했다는 문구가 적혀 있었다. 아직 여름인데 벌써 올해 최고의 책이라니, 너무 성급하지 않나? 여하튼 지금껏 이런 장르를 접해본 적이 없던 나는 일단 띠지에 적힌 줄거리를 훑어보았다. 폭설이 내린 어느 밤, 음악관이라는 이름의 저택에서 밀실 살인이 벌어지고, 때마침 그 저택에 머물고 있던 주인공 교사가 사건에 휘말린다는 내용이었다.

하지만 낯선 책에 흥미를 느낀 것도 잠시, 나는 다른 서가를 둘러보다가 그 책의 존재를 까맣게 잊어버렸다.

결국에는 문고본만 사 들고 서점을 나왔다. 역 앞은 햇빛에 반사되어 하얗게 빛났고, 땅에는 육교와 나뭇잎이 선명한 그림자를 드리우고 있었다. 여자들의 손에는 저마다 양산이 들려 있고, 남자들은 손수건으로 땀을 닦아내느라 바빴다. 나도 찌를 듯한 햇살에 실눈을 뜨고 집으로 걸음을 옮겼다.

유난히도 무더웠던 그 여름날, 나는 처음으로 기타가와 세이지라는 이름을 알게 되었다. 그때까지만 해도 머지않아 이 추리소설 작가와 연락을 주고받게 되고 결혼식에도 초대받을 줄은 꿈에도 몰랐다. 역시 인생은 알다가도 모르는 것이다.

여름방학이 시작되자 엄마가 잘라준 수박을 먹으면서 한가로이 텔레비전을 보는 생활이 이어졌다. 일기예보에서는 태풍 소식이 들렸고, 고교야구에서는 타자가 시원하게 타구를 날리는 장면이 연출되었다. 하늘에는 소나기구름이 높게 솟아 있고 매미는 끊임없이 울어댔다. 하지만 언제까지고 빈둥거릴 수만은 없어서 나는 한 번씩 방에 들어가 아르바이트에 열중했다.

나에게 녹취록 작성 아르바이트를 알선해 준 사람은 도쿄에서 출판사에 다니고 있는 삼촌이었다. 삼촌은 격주로 발행되는 TV 정보지의 담당 편집자였다. 2주 치 TV 편성표와 곧 개봉하는 영화 소식 등이 담긴 이 흔한 격주간지에는 매호 다양한 인터뷰와 대담 기사가 실렸다. 그렇다 보니 취재 때 녹음한 테이프를 글로 옮기는 작업이 필요했다.

취재 때의 녹음테이프를 기사로 정리하려면 우선 내용을 전부 컴퓨터에 입력해 문장 데이터로 바꿔야 한다. 테이프를 틀어놓고 녹음된 대화를 들으면서 키보드로 한 글자씩 컴퓨터에 입력하는 것이다. 이러한 녹취록 작성을 전문으로 해주는 회사도 있지만, 대부분의 잡지사에서는 편집자나 기자가 직접 하고 있다.

일전에 엄마한테 아르바이트가 필요하다고 했던 말이 삼촌에게까지 전해졌는지, 삼촌이 내게 카세트테이프 몇 개를 전해주며 녹취록 작성을 맡긴 것이 본격적인 일의 시작이었다. 테이프에는 얼굴도 본 적 없는 편집자나 기자가 인터뷰 상대에게 이런저런 질문을 던지는 목소리가 담겨 있었다. 그 대화를 문장으로 옮겨 적기만 하면 몇만 엔을 받을 수 있다는 말에 덥석 맡기로 한 것이다.

방학 동안 나는 꽤 많은 분량의 테이프 녹취 작업을 했다. 입력을 마친 데이터를 메일에 첨부해 삼촌에게 보내면 그것으로 내 업무는 끝이다. 집에서 오롯이 혼자 할 수 있다는 점이 무엇보다 마음에 들었다.

여름방학도 중반을 넘어선 어느 날, 새로운 테이프가 도착했다. 배달된 봉투 속에는 편지도 함께 들어 있었다.

구리코에게

우리 잡지에 기타가와 세이지 선생이 글을 연재 중인데
혹시 알고 있니? 매번 다양한 주제로 본인의 생각을 들려
주시는데, 우리 편집장이 작가님의 골수팬이라 무리하게
부탁해 가까스로 따낸 기획이야. 바쁘신 분이라 본인이
직접 쓰지는 않고 취재한 내용을 우리 기자가 수필 형식
으로 고쳐서 잡지에 싣고 있지. 이 녹취록 작성을 앞으로
구리코가 맡아주었으면 해. 그리고 '저기'나 '으음'처럼 별
다른 의미가 없는 부분은 굳이 옮기지 않아도 괜찮아.

그 밖에도 삼촌은 내가 일을 잘해주고 있다는 말과 아
르바이트비를 입금할 계좌번호를 알려달라는 전달 사항도
빼놓지 않았다. 나는 편지에 적힌 기타가와 세이지라는 이
름을 뚫어져라 보며 분명 어디서 들은 것 같은데 누구였더
라? 하고 기억을 더듬었다. 일단 삼촌이 담당하는 잡지의
과월호를 꺼내 그가 연재 중이라는 글을 찾아보았다.

연예인이나 영화평론가 등 다양한 명사들의 글을 한데
모아놓은 페이지에서 그의 이름을 찾을 수 있었다. 지면 한
쪽에 실린 프로필에는 최근작으로 《음악관의 살인》이 적
혀 있었다. 그제야 나는 여름방학 직전 서점에서 봤던 책을

떠올렸지만, 그 외에는 이렇다 할 정보가 없었다.

저녁을 먹고, 나는 곧장 기타가와 세이지의 녹취록을 작성하기 위해 방으로 들어왔다. 테이프 하나에 총 90분이니까 집중해서 옮기면 하룻밤 만에 끝낼 수 있을 듯했다.

여름밤 특유의 습기를 머금은 공기가 창가의 방충망을 타고 불어왔다. 우리 집 바로 옆에는 밭이 있고, 조금 더 가면 비닐하우스가 줄지어 있다. 봄이 되면 온통 양배추로 뒤덮인 밭 주위로 배추흰나비가 날아다니는 풍경이 펼쳐진다. 나는 선풍기를 틀고 생일날 받은 컴퓨터를 켰다. 귀에 이어폰을 꽂고 테이프를 틀자 녹음된 대화가 흘러나왔다.

"……자, 시작하겠습니다. 이번에도 잘 부탁드립니다."

"잘 부탁드립니다."

테이프에는 두 사람의 목소리가 녹음되어 있었다. 한쪽은 편집부 사람이고 다른 한쪽이 기타가와 세이지인 듯했다. 두 사람은 특별히 정해놓은 주제 없이 최근에 일어난 흥미로운 일들을 소재로 삼았다.

"어, 그러고 보니 선생님, 휴대폰 바꾸셨네요?"

"네, PHS◆로 바꿨어요."

◆　Personal Handyphone Service. 기존 아날로그식 무선 전화기에 디지털 방식을 적용한 간이 휴대 전화. 2000년대 초반에 사랑받았다.

테이블에 놓여 있는 PHS가 금방이라도 손에 잡힐 듯한 목소리였다.

"혹시 알고 계셨나요? 휴대폰과 PHS의 차이. 휴대폰은 차량용 전화기가 진화한 거고, PHS는 무선 전화기가 발전한 형태라고 하네요."

"아, 그거 재밌는데요. 그럼 오늘 주제는 휴대폰으로 할까요?"

돌연 테이프를 멈추고 심호흡했다. 컴퓨터 화면에는 아직 한 글자도 입력되지 않았다. 나는 작업도 잊은 채 기타가와 세이지의 목소리에 온 신경을 집중하고 있었다.

곧게 뻗은 심지를 연상시키는 목소리다. 마치 비행운처럼. 내 착각일까? 목소리만 닮은 다른 사람이 아닐까? 긴가민가하며 다시 재생 버튼을 누르고 들어봤지만, 오히려 심증만 더 확고해질 뿐이었다. 내 시선은 책장에 꽂힌 투르게네프의 《첫사랑》을 향해 있었다.

어김없이 2학기가 시작됐지만 학생들의 머릿속은 여름방학이 남긴 여운으로 안개가 낀 듯 흐리멍덩하기만 했다. 게다가 9월인데도 태양은 여전히 일말의 자비도 없이 지면을 달구고 있었다. 책받침으로 부채질을 해봐도 쓸데

없이 팔만 아프고 체온만 올라갔다. 교실에 에어컨 한 대 없는 우리 학교에서 여름은 더위 그 자체였다.

축 늘어진 채 책상에 엎드려 있는 남학생 곁으로 스물 여섯 살의 남자 국어 교사가 슬그머니 다가가 귓가에 대고 소리쳤다.

"일어나!"

남학생이 으악 소리를 내며 자리에서 벌떡 일어나자 주위에 있던 친구들이 낄낄거렸다. 한 달 반 만에 다시 시작된 국어 수업이었다. 혼다 선생님도 우리처럼 햇볕에 그을려 있었다. 선생님은 다시 칠판으로 돌아가 분필로 경쾌한 소리를 내며 교과서의 한 문장을 옮겨 적었다.

"이 문장이 등장인물의 어떤 심정을 표현했는지……."

선생님이 노란 분필로 쓴 부분을 반 애들은 빨간 펜으로 노트에 받아 적었다. 나는 손으로 턱을 받치고 눈을 감은 채 선생님 목소리에 귀 기울였다. 그 목소리는 테이프에 녹음되어 있던 소설가의 목소리와 완벽히 일치했다. 물론 선생님이 기타가와 세이지라는 증거는 없다.

수업이 끝나면 직접 찾아가 "선생님이 기타가와 세이지인가요?" 하고 물어보기라도 해야 할까. 이대로는 신경이 쓰여 도무지 공부가 되지 않을 것 같았다. 하지만 교실을 나서는 선생님 주위로 여자애들이 단체로 몰려드는 바람에 그날은 단념해야 했다.

다음 날 수업이 끝난 후에도, 국어 수업이 없는 날 복도에서 마주쳤을 때도 혼다 선생님 주위에는 언제나 다른 학생이 있었다. 나는 선생님에게 직접 확인하기를 포기하고 편집자인 삼촌에게 물어보기로 했다.

혹시 기타가와 세이지 작가의 본업은 고등학교 국어 교사 아닌가요?

작업을 마친 데이터를 메일로 보내면서 겸사겸사 질문을 덧붙였다.

삼촌이 보낸 답장에는 다음과 같이 적혀 있었다.

구리코에게
업무 규정상 그 질문에는 답해줄 수 없구나.
미안하다…….

인터넷에 검색도 해봤지만, 얼굴 없는 작가로 활동 중인 기타가와 세이지는 어떤 매체에도 사진을 공개한 적이 없는 듯했다. 그래서인지 작품에 대한 평론가의 반응은 좋지만, 일반 독자들 사이에서는 인지도가 낮았다. 그의 책은 데뷔작《고스트 라이터》, 두 번째 작품《복면 작가의 고독》, 최근에 발간된《음악관의 살인》이렇게 세 권이었다. 일련의 시리즈로 구성된 이 세 작품에는 모두 같은 주인공이 등장한다.

나는 시험 삼아《고스트 라이터》를 읽어보기로 했다. 판권 페이지를 살펴보니 4년 전에 출간된 책이었다. 4년 전이면 내가 열세 살, 선생님이 스물두 살 때다. 추리물은 처음이었지만 책 자체는 흥미로웠다. 어느 유명 추리소설 작가가 대필 작가를 고용해 자기가 쓴 척 작품을 발표하다가 점차 자신을 조여오는 대필 작가의 협박을 이기지 못하고 살인을 저지른다는 내용이었다. 예측불허의 전개로 단숨에 읽어 내려갔다. 이 책을 정말 혼다 선생님이 썼다면 그는 존경받아 마땅하다. 참고로 주인공의 직업은 고등학교 국어 교사였는데, 검정 뿔테 안경을 애용한다는 묘사가 있었다.

검정 뿔테라니! 혼다 선생님 안경이잖아!

하지만 정작 본인에게 확인받지 못한 채 하루하루가 흘러 어느덧 9월 중순이 되었다. 하루는 혼다 선생님이 교과서에 실린 소설을 읽고 자기 생각을 노트에 적어 제출하라는 숙제를 내주었다. 나는 방에서 몇 시간이고 끙끙대다가 기어이 숙제 맨 밑에 이런 글을 덧붙였다.

　기타가와 세이지의 책을 읽었습니다.
　그 소설, 선생님이 쓰셨나요?

　드디어 수업 시간, 뒷자리에 앉은 친구가 노트를 걷어 교탁에 올려두었다. 노트는 다시 교무실로 옮겨졌고 그날은 별일 없이 지나갔다.
　다음 날, 나는 혼다 선생님의 호출을 받고 교무실로 향했다.

2

　방과 후 교무실에는 몇몇 선생님들이 사무용 책상 사이를 분주히 돌아다니고 있었다. 운동장에서 운동부의 기합 소리가 들려왔다. 혼다 선생님 자리에는 새 휴대폰이 놓여 있었다. 아니, 자세히 보니 그건 PHS였다.

"내가 뭔가 그런 말을 한 적이 있니?"

"아니요."

"그럼, 어떻게?"

선생님이 앉은 교직원용 의자가 삐걱거렸다. 선생님과 정식으로 대화를 나누는 것도, 단둘이 마주 보는 것도 처음이었다. 나는 잔뜩 긴장해서 도무지 선생님의 눈을 쳐다볼 수가 없었다.

"역시, 선생님이신가요? 그 책……."

"……그렇다고 할 수 있지."

난처하다는 얼굴로 선생님이 말했다.

"아, 하필……."

선생님은 손을 머리 뒤로 가져가 깍지를 낀 채 기지개를 켰다. 마치 장난을 치다 들킨 사람의 표정이었다. 스물여섯 살의 혼다 선생님은 아직도 대학생처럼 보여서 교사라기보다는 사촌 오빠 같았다. 그런데 그가 쓴 글이 출간되어 서점에 깔려 있다니. 소위 소설가라는 사람을 실제로 보는 것은 처음이었다.

"재밌었어요."

"읽었니?"

"데뷔작이요……."

"《고스트 라이터》?"

"네, 그거요."

내심 불안했는지 나도 모르게 치맛자락을 꼭 움켜쥐고 있었다.

"그 결말 어떻게 생각해?"

"환상적이었어요. 주인공 국어 교사가 범인인 소설가 이면서 그 소설 자체가 범인의 허구 세계였다는 게……."

복도에서 와자지껄하고 떠드는 소리가 들려왔다. 남자 애들 몇 명이 장난을 치고 있는 모양이었다. 교감 선생님이 교무실 문밖으로 얼굴만 내민 채 호통을 치기 시작했다. 나 와 혼다 선생님은 동시에 그쪽을 흘끔 보다가 다시 서로 눈 을 마주쳤다.

"주인공은 선생님이 모델인가요?"

"응, 국어 교사니까."

"왠지 선생님 같았어요. 여러 가지로."

선생님은 머리를 쓸어 올리고는 안경을 고쳐 썼다. 수 업 중에 누군가를 지명할 때 하는 행동이었다. 선생님이 이 행동을 하면 반 애들은 하나같이 눈을 내리깔고 그의 시선 을 피하기 바빴다.

"어떻게 알았니? 저자가 나라는 걸."

"비밀이에요."

"그러지 말고 좀 알려줘."

"원래 여학생한테는 남에게 쉽게 말할 수 없는 일들이 이것저것 많아요."

선생님은 한숨을 쉬었다.

"그럼, 이 일은 친한 친구한테도 비밀로 해야 한다?"

"네."

그날 이후 혼다 선생님이 수업을 하기 위해 우리 교실에 오거나 복도에서 스쳐 지나갈 때면 여지없이 선생님과 눈이 마주쳤다. 그때마다 나는 다른 애들 모르게 살짝 고개를 끄덕였다. '아무에게도 말하지 않았어요'라는 의미의 고갯짓이었다. 선생님이 수업 중에 여담으로 휴대폰과 PHS의 차이를 설명하기 시작했을 때는 묘한 기분이 들었다.

처음에는 둘만의 비밀을 공유하는 것 같아 신났지만, 시간이 갈수록 왠지 마음이 찜찜해졌다. 우연히 알게 된 선생님의 부업을 빌미로 어떻게든 선생님과 친해져 보려는 자신이 한심했다. 어차피 교무실에 불려간 후로는 선생님과 단둘이 얘기할 일도 없었고 딱히 더 친해진 것도 아니라, 애초에 별일이 아니었는지도 모르겠다.

녹취록 작업을 했던 잡지가 발매되어 서점에 놓였다.

기타가와 세이지의 수필도 지면 한쪽을 차지하고 있었다. 내가 옮겨 적은 내용을 편집자가 짧게 정리해 놓은 글이었다. 자신이 한 말이 활자로 옮겨지는 기분은 어떨까? 나는 선생님의 글만 오려서 따로 보관해 놓기로 했다.

여름이 지나고 날이 선선해졌다. 나무에 단풍이 들고 편의점에는 가을맞이 한정판 과자가 출시되었다. 주로 밤이나 고구마, 호박 맛 과자들이다. 한정판 과자를 먹을 때마다 역시 가을이 최고라는 생각이 든다.

2학기 중간고사가 코앞으로 다가왔을 무렵, 선생님의 기존 작품을 모두 독파했다. 두 번째 작품인 《복면 작가의 고독》은 두께가 벽돌만 했다. 첫 번째 작품에도 등장했던 주인공 국어 교사가 얼굴 없는 작가로 활동하다가 현실과 꿈을 구분하지 못하고 혼란에 빠진다. 설상가상 밀실 살인과 토막 살인이 벌어지면서 주인공이 자신을 범인으로 의심한다는 내용이다. 숨 돌릴 틈 없이 휘몰아치는 전개에 저절로 페이지가 넘어갔다.

드디어 중간고사가 시작되고, 혼다 선생님이 우리 반 시험 감독관으로 들어왔다. 다들 묵묵히 답안을 작성하는 가운데, 선생님은 교실 창가에 서서 이따금 가을 하늘을 바라보았다. 신작 줄거리라도 구상하는 걸까? 어차피 아는 문제도 없어서 시험 시간 중반부터는 아예 손을 놓고 하염없이 선생님만 쳐다봤다.

우리 학교에서는 10월 초가 되면 축제가 열린다. 친구와 함께 방과 후에 남아 다코야키 간판에 색을 칠했다. 학급 회의를 통해 교실을 개조해서 다코야키 가게를 열기로 한 것이다. 빨간색 페인트로 문어를 그리다가 실수로 다리를 두 개나 더 그렸다는 걸 알아챘지만 그냥 넘어갔다.

축제 당일에는 온갖 장식으로 현란해진 학교 안을 어슬렁거리며 사진부와 미술부 전시를 감상했다. 창밖을 내다보니 교문에서 학교 건물까지 늘어선 포장마차와 그 주위로 북적이는 사람들의 모습이 눈에 들어왔다. 친구와 서서 수다를 떨고, 혼자 쉴 만한 곳을 찾아다니던 나는 복도 모퉁이에서 혼다 선생님과 마주쳤다.

"먹을래?"

"안 드시게요?"

"누가 막무가내로 사줘서."

"인기 많아서 좋으시겠어요."

"고마운 일이지."

선생님이 내민 투명 팩에는 야키소바가 들어 있었고,

내용물이 새지 않게 고무줄로 잘 여며져 있었다.

나와 선생님은 층계참에서 책상 하나를 사이에 두고 의자에 앉았다. 그곳은 나만의 비밀 장소였다. 우리 학교는 옥상으로 가는 문이 잠겨 있어 자유롭게 드나들 수 없었다. 자연스레 4층에서 옥상으로 향하는 계단은 존재감이 희박해져 창고 대용이 되었고, 쓰지 않는 책걸상이 먼지를 뒤집어쓴 채 쌓여 있었다. 나는 몰래 젖은 수건으로 일부 책걸상을 닦아놓고, 점심시간에 혼자 있고 싶을 때면 이곳에 와서 쪽잠을 자고는 했다.

축제 특유의 떠들썩한 소리도 이곳에서는 희미하게 느껴졌다. 층계참은 마치 학교에서 한참 떨어진 곳에 있는 것처럼 고요했다.

"이거, 맛있는데요."

야키소바를 두세 가닥씩 입에 넣으며 말했다. 면이 분말 양념과 충분히 섞이지 않아 군데군데 양념 맛이 강하거나 싱거웠지만 그래도 맛있었다. 내가 젓가락으로 몇 가닥씩 면을 집어 먹으니 선생님이 말했다.

"너무 조금씩 먹는 거 아냐?"

"이렇게 먹어야 잘 넘어가거든요."

"세상에는 특이한 사람이 참 많구나."

"선생님도 만만치 않거든요."

선생님과 나는 책상을 사이에 두고 마주 보는 자세가 아닌, 신칸센 좌석처럼 같은 방향을 보고 앉아 있었다. 책상에 오른팔 팔꿈치를 얹은 채 다리를 꼬고 앉은 선생님의 어깨 위에는 작은 창에서 새어 들어온 햇살이 내려앉아 있었다.

"고바야시는 국어 성적이 좋더라."

"좋은 선생님을 만난 덕이죠."

"학생들한테 난 어떤 선생이야?"

"다들 좋아하죠. 당연하잖아요?"

축제가 주는 특별한 분위기가 긴장을 풀어준 걸까. 선생님이 보는 앞에서 야키소바를 먹다니, 평소 같으면 생각할 수도 없는 대담한 행동이었다.

그때 학생들이 장난을 치며 복도를 지나가는 소리가 들렸다. 행여 이쪽으로 오는 건 아닌지 내심 조마조마했다.

"언제부터 소설을 쓰셨어요?"

"……그게, 언제부터였더라."

선생님은 검정 뿔테 안경을 벗고 지친 표정으로 기지개를 켜더니 그대로 책상에 엎드렸다.

"선생님, 괜찮으세요?"

"조금만 쉴게."

"차라도 사 올까요?"

"아니야, 괜찮아."

"몸이 안 좋으세요?"

"이중 생활자라 피곤해서 그래."

"학교 사람들을 죄다 속이는 기분이겠어요."

"맞아, 속이고 있지. 완전히 속이고 있어."

선생님은 엎드린 채로 중얼거렸다. 작가는 힘든 직업
이란 생각이 새삼 들었다.

"아무래도 차라도 사 오는 게 낫겠어요."

나는 일어서서 계단을 내려갔다. 몇몇 학생들을 지나,
초코바나나 크레이프를 파는 교실 앞을 통과했다. 계속 가
다 보니 얼음물을 넣은 아이스박스에 페트병으로 된 차나
주스를 담가놓고 파는 교실이 있었다.

서둘러 차를 사서 층계참으로 돌아왔지만 혼다 선생님
은 보이지 않았다. 누군가 선생님을 찾은 모양이었다. 책상
위에는 먹다 남은 야키소바만 놓여 있었다.

다음 날은 수업이 없는 대신 축제 뒷정리를 해야 했다.
교실에 붙인 장식을 떼어내거나 바닥에 떨어진 파래 가루
와 가다랑어포를 빗자루로 쓸었다. 쓸모를 다한 간판을 쪼

개 친구와 둘이서 소각장으로 향했다. 조각낸 파편들을 양껏 끌어안고 계단을 내려와 건물 밖으로 나갔다. 막 건물 뒤편으로 들어섰을 때 친구가 갑자기 걸음을 멈추더니 슬며시 그늘진 곳으로 가서 몸을 숨겼다. 내가 어리둥절해 있자 친구는 상기된 얼굴로 자기 쪽으로 오라며 손짓했다.

"구리코, 여기!"

나는 파편이 떨어지지 않게 꼭 끌어안고는 친구 옆으로 달려갔다. 그늘진 곳에서 주차장을 훔쳐보고 있는 친구의 시선을 따라가니 혼다 선생님이 눈에 들어왔다. 선생님은 자동차 옆에 서서 대학생 정도로 보이는 여성과 이야기를 나누고 있었다. 단아한 인상의 미인이었다.

나와 친구는 마른침을 삼키며 두 사람을 지켜봤다. 우리가 있는 곳에서 주차장까지는 거리가 꽤 멀었고 중간에 단풍나무도 몇 그루 서 있었다. 흩날리는 단풍잎 너머에서 그들은 서로를 바라보며 다정하게 웃고 있었다.

얼마 안 있어 여성은 차를 타고 교문 쪽으로 사라졌다. 그 모습을 지켜보던 선생님이 주차장을 뜨고 난 뒤에야 우리는 참고 있던 숨을 토해냈다.

"분명 여자 친구겠지? 방금 본 사람?"

걸음을 옮기면서 친구는 흥미진진한 표정으로 말했다.

나도 뭐라고 대꾸하려다가 들고 있던 파편 일부를 땅에 떨어뜨리고 말았다. 그나마 안고 있는 것은 떨어뜨리지 않으면서 잘 주우려고 해봤지만 쉽지 않았다. 그 바람에 짜증이 확 솟구쳐 파편들을 걷어찼고, 놀란 친구가 눈을 동그랗게 뜬 채 나를 쳐다봤다.

3

말해서는 안 된다는 걸 알고 있다. 상황이 크게 바뀔 것이고, 내 고백에 어떤 답변이 돌아오든 이전과 같은 관계일 수는 없다. 아무리 생각해도 지금 이대로가 낫다.

창문을 열어 심호흡하니 겨울의 차가운 공기가 폐로 들어와 기분이 한결 상쾌해졌다. 방에서 새어 나오는 불빛에 창밖으로 펼쳐져 있는 밭이 부옇게 보였다. 밭에는 양배추 모종이 나란히 줄지어 있었다. 아직 푸릇푸릇한 작은 잎사귀 수준이라 드레싱을 뿌려 먹어도 배가 차지 않을 것이다. 나는 녹취록을 작성하다 말고 방 안의 공기가 답답해 창문을 열어 환기하고 있었다.

녹취록은 매달 테이프 세 개 정도의 분량을 작성했다.

그중 하나가 기타가와 세이지의 수필인데, 테이프 하나당 잡지 두 호 분량의 기사가 나온다. 그 밖의 테이프는 달마다 달랐다. 연예인 인터뷰 같은 거라면 재미있을 텐데 그런 일감은 거의 없다. 뇌신경외과 의사의 강의나 사상가들의 대담을 녹음한 것이 대부분이다. 어렵거나 잘 모르는 말이 나오면 인터넷으로 검색도 해봐야 한다. 내용이 어려워서 문맥을 파악하지 못할 때도 있는데, 그럴 때면 내가 녹취록을 제대로 작성하고 있는 것인지 불안해진다. 특히 빠른 어조로 소곤거리며 말하는 사람은 받아 적기 어렵다. 다행히 기타가와 세이지는 목소리가 또렷해서 귀에 잘 들어온다. 외피는 부드럽지만, 중앙에 곧게 뻗은 심지가 느껴지는 그의 목소리는 알덴테로 익힌 파스타 면처럼 단단하다.

나는 한숨을 쉬고는 출출함을 참으며 창문을 닫았다. 컴퓨터 앞으로 돌아와 이어폰을 귀에 꽂고 테이프에서 흘러나오는 혼다 선생님의 목소리를 받아 적었다.

선생님이 말을 하면 나는 자판을 두드린다. 선생님의 말이 글자가 되어 화면에 나타난다. 마치 땅속에 묻혀 있는 당근이나 무를 리듬을 타며 뽑아내는 느낌이다. 선생님이 말하는 단어를 수확해 컴퓨터 화면에 나란히 배열하는 작업은 꽤 뿌듯했다.

이번에 선생님이 인터뷰어와 나눈 대화는 '최근에 본 영화'였다. 선생님은 〈텍사스 전기톱 학살〉이라는 영화 제목을 언급하며 공포영화 중에서도 불후의 명작이라고 소개했다. 가면을 쓴 거구의 사내가 전기톱을 휘둘러 사람을 죽이는 내용의 작품이었다. 영화 이야기가 거의 마무리되었을 즈음 선생님과 편집자의 사담이 흘러나왔다. 삼촌이 사담은 옮기지 않아도 된다고 알려줬기 때문에 그 부분은 가만히 듣기만 했다.

"지인 중에 제 책을 읽은 여자애가 있어요."

나는 심장 박동이 빨라지기 시작했다. 선생님은 이 녹취 테이프를 옮겨 적는 이가 나라는 사실을 아직 모른다.

"몇 살 정도 되는 친군가요?"

"열일곱 살이요."

"소감을 물어보셨나요?"

"재밌게 읽은 것 같더군요."

그러고는 바로 편집자가 녹음을 중단하는 바람에 대화는 끊겼다. 짧은 대화였지만 내 심장은 요동쳤다. 사담이 나올 때면 남의 얘기를 엿듣는 기분이라 내심 찜찜했다. 참고로 녹취 테이프는 비밀 유지 의무에 따라 작업 후 모두 반납해야 하고 복사도 절대 금물이다. 물론 나는 이번 테이프도 복사했다.

언제부턴가 서점에 갈 때마다 기타가와 세이지의 책이 있는지 꼭 살펴본다. 가끔 점원이 손으로 쓴 광고판에 색깔 펜으로 '희대의 걸작!'이라는 문구가 쓰여 있으면 뿌듯했다. 사람의 마음을 문장으로 뒤흔드는 선생님이 대단하게 느껴졌다. 하지만 대부분의 독자는 기타가와 세이지가 고등학교 교사라는 사실을 모른다. 우리 학교 애들도 혼다 선생님이 작가인 줄 전혀 모른다. 그 사실을 상기할 때마다 선생님은 내가 쉽게 친해질 수 있는 사람이 아닌 것 같아서 쓸쓸한 기분이 들었다.

크리스마스 직전에 치른 기말시험 마지막 날, 어떤 남자애가 나에게 고백을 해왔다. 중학교 동창인 그와는 같은 반에서 화학 실험을 했던 사이였다. 모든 시험을 마치고 홀가분한 마음으로 집에 갈 채비를 마친 나는 복도로 나오다가 웬 남자애가 부르는 소리를 들었다. 우리는 체육관과 학교 건물을 잇는 구름다리까지 함께 걸어갔고, 그곳에서 그가 내게 고백했다.

나무 데크가 깔린 구름다리는 학생들이 지나갈 때마다 발소리가 울렸다. 숨을 쉴 때마다 나오는 하얀 입김이 바람에 실려 날아갔다. 그 애가 싫은 것은 아니지만 고백은 거절했다. 좋아하는 사람이 있냐는 그의 질문에 나는 고개를 끄덕였다.

회색빛 구름이 태양을 가린 탓인지 두꺼운 코트를 입고 있어도 몸이 얼어붙을 만큼 그날의 추위는 매서웠다. 남자애가 떠나고 혼자 남겨진 나는 층계참으로 향했다.

난방이 되지 않는 곳이라 겨울에 층계참을 찾는 일은 거의 없지만 혼자 있을 장소가 필요했다. 중학교 동창인 그애를 생각하니 가슴 한편이 아려왔다. 그 한마디를 입 밖으로 내느라 얼마나 많은 에너지가 필요했을까?

아무 의자에나 걸터앉아 책상 위에 엎드리자 나무판자의 냉기가 조금씩 팔에 스며들었다. 나는 눈을 감고 양배추밭을 떠올렸다.

어릴 때부터 우리 집 옆에는 양배추밭이 있었다. 심심할 때면 양배추밭에 들어가 어지러이 날아다니는 배추흰나비를 쫓으며 놀았다. 햇살은 따사로웠고 세상은 온통 신기한 것들로 가득했다. 아직 사회에 발을 들이지 않았던 그 시절에는 정말이지 아무 걱정 없이 하루하루가 행복했다. 당연히 지금처럼 괴로운 일도 없었다. 밭에 나란히 줄지어 선 초록 구슬 같은 양배추는 그저 양배추일 뿐, 동그랗다는 것 외에는 아무런 재능도 없는 작물이다. 그저 귀엽게 생겨선 이따금 속수무책으로 애벌레에게 뜯어 먹히기나 하는 이 평범한 작물은 시간이 지나도 여전히 양배추였다. 나는 언제까지고 그곳에 있고 싶었다. 지금도 배추흰나비를 쫓을 수 있다면 좋을 텐데. 하지만 어느덧 훌쩍 자란 나는 곧잘 우울감에 빠지는 사람이 되어버렸다.

한창 양배추밭에서 뛰노는 내 모습을 상상하고 있는데 혼다 선생님의 목소리가 들렸다. 순간 환청인 줄 알고 "그냥 내버려두세요"라며 중얼거렸다.

"뭘 그냥 내버려둬? 감기 걸려."

다시금 선생님의 목소리가 들리더니 상상 속 양배추밭의 지면이 흔들리기 시작했다. 깜짝 놀라 고개를 들자 혼다 선생님이 책상 맞은편에 서서 안경 너머로 어이가 없다는 눈빛을 하고 있었다. 게다가 내가 엎드려 있던 책상을 흔들고 있었다.

"그만하세요. 놀랐잖아요."

"어깨를 흔들면 성희롱으로 오해받아. 괜찮은 거야?"

선생님이 내 얼굴을 빤히 쳐다보며 물었다.

"별일 아니에요."

나는 눈물을 훔쳤다.

"왜 여기 계세요?"

"네가 이쪽으로 가는 걸 봤어."

축제 때처럼 책상을 사이에 두고 선생님이 의자에 앉았다. 날씨가 흐려서인지 창가로 들어오는 햇살이 얼마 되지 않았다. 형광등마저 꺼져 있어 주위가 어두웠다.

"무슨 일 있었어?"

"고백도 받고, 거절도 하고……."

선생님이 내 얼굴을 물끄러미 바라봤다.

"청춘이구나."

"지금 처음으로 선생님이 아저씨 같다고 생각했어요."

"아직 스물여섯인데?"

"정말 안타깝네요."

"다른 얘기나 하자. 어떤 얘기가 좋을까?"

선생님은 나를 위로해 주고 싶은 것 같았다.

"뭐, 영화 얘기도 좋고요."

"최근에 어떤 공포영화 DVD를 구했는데."

"〈텍사스 전기톱 학살〉 말하는 거죠?"

"어떻게 알았어?"

"잡지에 수필을 기고하지 않으세요?"

"그 잡지 아직 발매가 안 됐을 텐데……."

선생님은 머리를 쓸어 올리고 안경을 고쳐 썼다. 수업

중에 누군가를 지명할 때 하는 몸짓이다.

"출판사에 드나드는 거니?"

"왜 그렇게 생각하세요?"

"너도 소설을 써서 출판사에 아는 편집자가 있다던가."

"말도 안 돼요."

"만약 아는 편집자가 있으면 발매 전 잡지여도 읽을 수 있겠지. 내가 기타가와 세이지라는 걸 알아챈 것도 어쩌면……"

"제가 어떻게 소설 같은 걸 써요."

"용돈벌이로 출판사 아르바이트를 한다거나. 고바야시, 너 뭔가 숨기는 게 있지?"

나는 황급히 일어나 계단을 내려가기 시작했다.

"야, 고바야시."

계단 중간까지 내려와 주위에 사람이 없는 걸 확인한 뒤 층계참을 향해 손을 흔들었다.

"선생님, 전 그만 가볼게요. 내년에도 친하게 지내요."

나는 학교를 나와 크리스마스 장식이 한창인 동네를 지나 전철을 타고 집에 돌아왔다. 내게 고백한 중학교 동창과 선생님이 계속해서 머릿속을 맴돌아 열이 날 것 같았다.

한 해의 끝자락에 다다랐나 싶더니 어느덧 새해가 밝았다. 친구들이 보낸 연하장을 뒤적이며 혼다 선생님이 보낸 것은 없나 찾아봤지만 허사였다. 선생님에게 나는 많은 학생 중 한 명일 뿐이다.

정초에는 녹취록 작업도 없고 만날 친구도 없어서 한가롭게 텔레비전이나 보며 지냈다. 덕분에 차분히 선생님에 대해 생각할 수 있었다. 때때로 내 감정은 그저 어린아이의 동경 같은 것이 아닐까 싶기도 하다. 대체 언제부터 선생님을 마음에 품게 된 걸까. 과거 어느 시점부터 선생님을 눈으로 좇게 된 걸까.

새해가 밝은 지 3일째 되던 날 저녁, 불현듯 어떤 생각이 떠올라 마당에 모닥불을 피웠다. 실은 빈둥거리면서 읽은 연애소설에 모닥불을 피우는 장면이 나왔기 때문이다.

빗자루로 낙엽 더미를 쓸어 모아 신문지를 말아 넣고 성냥으로 불을 붙였다. 금세 연기가 나기 시작하더니 불꽃이 활활 타올랐다. 나는 모닥불 속에 카세트테이프 몇 개를 던졌다. 녹취록을 작성할 때마다 복사해 두었던 선생님의 인터뷰가 담긴 테이프였다.

카세트테이프의 플라스틱 부분이 타들어 가기 시작했다. 그 모습을 지켜보며 탄소 1몰과 산소 1몰에서 이산화탄소 1몰이 생성될 때 발생하는 연소열은 393킬로줄이라는, 아까 읽은 소설 속 대목을 떠올렸다.

선생님의 목소리가 연기가 되어 하늘로 올라갔다. 절대 자포자기의 심정으로 테이프를 태운 것이 아니다. 오히려 그 반대다. 이런 물건들만 애지중지하다가는 한 걸음도 떼지 못할 거라는 생각이 들었다. 선생님과의 관계가 변한다고 해도 상관없다. 이대로 고백 한번 못 해보고 끝날 바에야 나는 용기를 내기로 했다.

그날 밤 선생님 앞으로 편지를 썼다. 마음속에 묻어두었던 단어들이 더는 밭에 둘 수 없을 만큼 자라 출하 직전 상태가 되었다. 편지지에 한 글자씩 써 내려가다 보니 글자 하나하나가 둥그런 양배추처럼 보이기 시작했다. 지난번에 나에게 고백했던 중학교 동창도 지금의 나처럼 단어를 몸 밖으로 내보내지 않고는 견딜 수 없었는지도 모른다. 책을 쓰거나 수필을 의뢰받은 선생님도 마찬가지다. 마음속에서 커질 대로 커진 단어들은 그대로 묵히기보다 종이 위에 펼쳐놓아야 한다.

개학하고 3학기가 시작되면 이 편지를 선생님에게 전할 생각이었다. 하지만 공교롭게도 겨울 방학이 끝나기도 전에 기회가 찾아왔다. 우연히 마주친 선생님은 어떤 여자와 함께 있었다.

4

개학을 하루 앞둔 날, 부모님이 나만 두고 친척 집에 놀러 갔다. 홀로 집에 남겨진 나는 딱히 할 줄 아는 요리가 없어 어딘가에서 저녁거리를 사 와야 했다. 오랜만에 사람다운 행색을 하고 몸에 과자 부스러기가 묻어 있지는 않은지 꼼꼼히 살핀 뒤 자전거를 타고 집 근처 마트로 향했다.

그곳은 교외형 마트로, 규모가 제법 크고 주차장도 넓어 멀리서 차를 끌고 오는 사람이 많았다. 일단 매장으로 들어가 반찬 가게로 가는데 웬 낯익은 여자가 눈에 들어왔다. 그는 카트를 밀면서 전골용 육수를 고르고 있었다. 아무래도 아는 사람 같아서 얼굴을 가만히 바라보다가 눈이 마주쳤다. 대학생 정도로 보이는 참한 인상의 미인이었다. 집에서 요리하는 모습이 저절로 떠오를 만큼 옷이나 행동에서 가정적인 분위기가 흘렀다. 마침내 그를 어디서 봤는지 떠올리고는 나도 모르게 "아!" 하고 소리를 내었다.

그 여자는 걸음을 멈추더니 당황한 듯 나를 쳐다봤다.

고개를 갸웃거리며 누구시더라 하는 표정이었다. 적당히 얼버무리고 자리를 피하려는데 어디선가 익숙한 목소리가 들려왔다.

"고바야시?"

통로 건너편에 있던 혼다 선생님이 다가오더니 손에 들고 있던 우유를 여자의 쇼핑카트에 넣었다.

혼다 선생님네 집은 노부인이 살 것 같은 고풍스러운 분위기의 목조건물로, 마트에서 차로 10분 정도 떨어진 곳에 있는 단독주택이었다. 나는 얼떨결에 마트의 자전거 보관소에 자전거를 세워놓고, 선생님 차에 올라타 두 사람을 따라오고 말았다. 저녁에 전골을 할 건데 둘보다 셋이 먹는 게 훨씬 더 즐거울 거라며 선생님이 날 초대한 것이다.

"혹시 못 먹는 음식 있어?"

가나코 씨가 부엌에서 전골 준비를 하며 물었다.

"뭐든 잘 먹어요."

나는 익숙한 손놀림으로 팽이버섯을 다듬는 그의 손가락을 힐끗 쳐다보며 대답했다.

가느다란 약지에 약혼반지가 끼워져 있었다.

선생님은 2층 본인 방에서 할 일이 있는 듯했고, 1층에는 우리 두 사람밖에 없었다. 작은 접시를 옮기면서 주위를 둘러보니 각종 식물과 면으로 된 티슈 커버가 눈에 띄었다. 식물로 집을 꾸민 것도, 티슈 커버를 고른 것도 가나코 씨일 것이다.

새삼 선생님 집에 와 있다는 것이 신기했다. 이곳이 바로 선생님이 매일 학교를 마치고 돌아오는 거처인 것이다. 그러고 보니 선생님에게도 생활공간과 가족이 있을 거라는 생각은 별로 해본 적이 없었다. 따지고 보면 선생님에게 여동생이 있다고 해도 전혀 이상한 일이 아닌데.

"학교에서 우리 오빠는 어떤 선생님이야?"

가나코 씨가 냉장고에서 채소를 꺼내며 물었다.

"인기가 많아요."

"그렇구나. 의외다."

차분한 분위기의 여성이었다. 침착한 행동거지와 조용히 웃는 모습을 보니 왠지 커피도 거품이 일지 않게 다소 곳이 탈 것 같았다. 부모님 두 분이 모두 돌아가신 후 선생님은 여동생인 가나코 씨와 이 집에서 지내고 있다고 했다. 선생님이 늘 교무실에서 먹는 수제 도시락도 여동생 솜씨였다. 내가 지나치게 앞서간 것이다.

"고등학생 때는 친구 한 명 없었는데."

"축제 다음 날, 학교 주차장에서 선생님하고 얘기한 적 있으시죠?"

"맞아, 차 빌리러 갔었어."

"여자 친구인 줄 알고 몰래 훔쳐봤어요."

"여동생이라 안심했겠네?"

내가 당황해서 가만히 있자 가나코 씨는 채소가 담긴 접시를 옮기기 시작했다.

거실 구석에 아무렇게나 놓인 학교 관련 서류를 보며 선생님은 이런 데서 업무를 보는 건가 싶었다. 텔레비전 옆 선반에는 사진 몇 장이 놓여 있었는데 초등학생 시절의 선생님과 가나코 씨, 목줄을 한 시바견이 찍힌 사진이었다. 선생님의 초등학생 때 모습은 가히 충격적이었다. 사진 속에는 앞머리를 일자로 싹둑 자른 짧은 반바지 차림의 남자아이가 있었다. 대학생 때로 보이는 사진도 보였다. 안경이 지금과는 달리 동그란 은테였다. 그 사진을 유심히 보고 있는데 가나코 씨가 다가왔다.

"교사가 되기 전까지는 계속 그 안경이었어."

"그럼 지금 쓰고 있는 안경은······."

"교사가 된 기념으로 내가 선물한 거야."

나는 하마터면 그의 손을 부여잡을 뻔했다.

"정말 잘 고르셨어요. 날 때부터 썼던 것처럼 선생님한 테 잘 어울려요."

"내가 선물하기 전까지만 해도 그런 화려한 안경은 싫다고, 자기는 절대 안 쓴다고, 무슨 저런 안경이 다 있냐고 했었어. 애초에 뿔테라는 말도 몰라서 패션 안경이라고 불렀다니까."

2층에서 할 일을 마친 선생님이 어딘가에서 휴대용 가스레인지와 전골용 냄비를 꺼내 상을 차리기 시작했다. 시곗바늘이 오후 7시를 가리킬 때쯤 우리는 냄비에서 건더기를 꺼내 먹기 시작했다. 창밖은 이미 어두워졌고 방 안은 난방을 올려 따뜻했다. 전골에서는 생선과 닭고기 완자, 파와 두부 등이 익어가고 있었다. 가나코 씨가 전반적으로 조리를 지휘하며 건더기를 넣고 뺄 타이밍을 일러줬지만, 혼다 선생님은 계속 핀잔을 들었다.

"그렇게 함부로 뒤적이지 말라고 했지?"

"가리비 찾는 거야."

"혼자서 몇 개나 먹는 거야? 그만 먹어."

"제자도 와 있는데 내 체면도 좀 생각해 줘라."

"선생님, 안경에 김 서렸어요."

우리는 전골을 맛나게 먹으며 함께 설날 특집 퀴즈 프

로를 봤다. 선생님과 가나코 씨는 맥주를 마셨고 나에게는 차를 내주었다.

"이 집에서 소설이 탄생했군요."

분위기가 한창 무르익고 가나코 씨가 우동 면을 내올 무렵, 새삼 이 집이 선생님의 집필실이라는 생각에 마음이 벅차올랐다. 전국 서점에 진열된 작품이 바로 이곳에서 탄생한 것이다.

"맞아, 이 방에서 속임수 같은 거 많이 구상했잖아? 소재가 살인사건이라."

가나코 씨가 전골에 우동 면을 넣었다.

"그랬나?"

선생님은 그다지 기억이 없는 듯했다. 나는 우동 면이 풀어지며 삶아지는 모습을 물끄러미 바라보았다. 다 익은 면을 몇 가닥 집어 먹어보니 전골 육수가 배어나 맛있었다. 배불리 먹고 후식으로 차까지 마시고 나자 두 사람이 차로 나를 바래다주겠다고 했다.

"그렇지만 두 분 다 술을 드셔서……."

내 말에 두 사람은 얼굴을 마주 보며 아차 하는 표정을 지었다.

"괜찮아요. 마트까지는 걸어가면 돼요."

현관에서 신발을 신고 밖으로 나오니 밤하늘에 별이 박혀 있었다. 우주의 관점에서는 여느 때와 다름없는 날이 겠지만, 정초라 그런지 어쩐지 새로운 세상을 마주하는 기분이었다. 뜨끈한 전골의 열기가 몸속을 가득 메우고 있어서인지 숨 쉴 때마다 방사능 빔을 내뿜는 고질라처럼 하얀 입김이 자욱하게 퍼져 나왔다. 나는 현관 앞에서 가나코 씨에게 인사했다.

"뒷정리를 안 하고 가서 죄송합니다."

"신경 쓰지 마."

나는 코트 차림의 선생님과 함께 걷기 시작했다. 선생님이 마트까지 바래다주기로 한 것이다. 가로등이 주택가를 군데군데 비추고 있었다. 처음에는 둘 다 너무 춥다, 이러다 얼어 죽겠다고 말하며 낄낄대면서 걸었다. 하지만 얼마 안 있어 대화는 잦아들었고, 나는 잠자코 선생님의 숨소리에 귀를 기울였다. 지나가는 자동차의 헤드라이트가 잠시 우리의 그림자를 담벼락에 비추는가 싶더니 이내 사라졌다.

"결혼 전 우리 엄마 성이 '기타가와'였고, 예전에 길렀던 시바견 이름이 '세이지'였어. 신인상에 응모할 때 그걸 필명으로 썼지."

"그때부터 여동생 대신 선생님이 소설을 쓴 척하기로 한 건가요?"

시험 삼아 던진 질문에 선생님은 고개를 끄덕였다. 더는 숨길 생각이 없어 보였다. 내 예감이 맞았다. 기타가와 세이지는 선생님이 아닌 가나코 씨였다.

"잘도 알아냈네."

"왠지 그런 것 같았어요."

"거짓말. 직감으로 알 수 있는 게 아니잖아."

"아까 가나코 씨한테 들었어요. 교사가 되기 전에는 은테 안경을 썼고, 지금 쓰는 뿔테 같은 건 절대 쓰지 않겠다고 했다면서요?"

"그게 왜?"

"데뷔작 《고스트 라이터》가 출간된 게 4년 전이에요. 집필 시기는 아마 더 전이겠죠. 하지만 선생님이 교사가 된 건 3년 전이잖아요. 그 작품을 쓰고 있을 때만 해도 선생님은 아직 은테 안경이었고, 뿔테는 싫어했을 시기예요. 원래 뿔테라는 단어도 몰랐다면서요. 그런 와중에 소설 속 주인공이 검정 뿔테를 쓴다는 설정은 좀 이상하죠. 명칭도 모르는데 뿔테 안경을 쓴 주인공을 그릴 리가 없잖아요."

"……그럼, 안경테 때문에 여동생이 작가란 걸 알아챘

다는 거야?"

"안 되나요?"

선생님은 어이가 없다는 표정이었다. 단서가 고작 안
경뿐이냐는 뜻인 것 같아 변명이라도 하고 싶었다.

"동생이 소설을 쓴 건 내가 교원 자격증을 따려고 했던
때야. 날 모델로 쓴 모양인데, 내가 국어 교사가 되지 않았
다면 어쩔 생각이었는지."

"어쩌다 선생님이 쓴 게 된 거예요?"

선생님은 머리를 쓸어 올리고는 머뭇머뭇 이야기를 꺼
냈다.

"……동생은 자기 원고를 발표할 생각이 없었어. 나한
테만 보여주고 그걸로 끝. 소설을 완성한 시점에서 만족한
거지. 신인상에 응모해 보라고 해도 싫다고 하길래 내가 몰
래 응모했어. 동생 허락도 없이 말이야. 그 소설이 세상의
빛도 보지 못한 채 버려지는 게 아까웠거든. 수상이 결정되
고 나서야 내가 대신 응모했다는 걸 알고 화를 내더라고.
자기는 작가 데뷔에는 관심이 없다면서 고집을 부렸지. 하
지만 데뷔를 안 하면 상금도 받을 수 없었어."

"돈이 탐났나요?"

"해외여행을 가고 싶었지. 상금과 인세로 이집트에 다

녀왔어. 피라미드 진짜 크더라."

"가나코 씨도 같이요?"

"여동생은 남자 친구와 함께 뉴욕 관광을 하고 온 모양이야. 자유의 여신상이 멋졌다 하더라고."

나는 선생님을 노려봤다.

"이해가 안 돼요. 가나코 씨가 탄 상금과 인세를 선생님이 슬쩍한 거잖아요."

"너무 야박하게 말하지 마."

"사실이 그렇잖아요."

선생님은 안경 너머로 눈을 가늘게 떴다. 상금을 받으려면 누군가는 기타가와 세이지라고 자신을 밝혀야 했고, 그래서 선생님이 가나코 씨를 대신해 작가 행세를 하게 된 것이다. 편집자들은 다들 지금도 선생님이 소설을 쓰고 있는 줄 안다. 이 사실을 들키지 않은 건 원고가 수기가 아니었기 때문도 있을 것이다. 컴퓨터로 쓴 원고는 필적만으로 저자가 여자라는 사실을 알 수 없다. 담당 편집자를 보는 일도 거의 없고, 수필 건으로 몇 마디 대화를 나눌 뿐 평소에는 사무적인 메일을 주고받는 것이 전부인 듯했다.

"그런데도 수필은 수락하셨네요."

"거절하기가 어려워서. 취재를 전부 거절했으니까."

"기타가와 세이지는 얼굴 없는 작가이면서 대필 작가이기도 했던 거네요. 선생님은 소설가도, 아무것도 아니었던 거고요."

"아무 재능도 없는 평범한 인간이야."

선생님은 한시름 놓은 얼굴이었다.

"고바야시."

"네."

"너한테 털어놓을 수 있어서 다행이야. 네가 눈치채지 않았다면 나는 계속 거짓말을 했을 거야. 언젠가 끝내야 한다고 생각하기는 했어. 여동생도 결혼할 거고, 계속 이대로 갈 수는 없는 일이지."

인적이 드문 주택가를 걸으며 나는 드디어 선생님의 진짜 목소리를 들은 것 같았다.

이윽고 전방에 마트 간판이 보였다. 밤 11시까지 여는 곳이라 매장 안은 아직도 환했다. 자전거 보관소 앞에 도착하니 아쉬운 마음이 들었다. 우리는 자전거를 사이에 두고 짧은 작별 인사를 나눴다.

"내일부터 새 학기 시작이네."

"네, 잘 부탁드려요."

선생님은 주머니에 손을 집어넣고는 내가 출발하기를

기다렸다. 나는 핸들을 꽉 잡은 채 선생님의 얼굴을 올려다봤다.

"선생님."

"왜?"

"내일, 시간 좀 내주실 수 있나요? 드릴 게 있어요."

선생님이 고개를 끄덕이는 걸 확인한 나는 안장에 올라 페달을 밟았다.

3학기 첫날, 수업을 마치고 예의 그 층계참에서 선생님에게 편지를 건넸다.

결과가 어떻게 되든 중요한 것은 편지를 전했다는 사실이다. 결과가 중요한 게 아니다. 기분이 울적했지만 그래도 나 자신에게 잘했다고 말해주고 싶었다.

걱정했던 관계의 변화는 일어나지 않았고 나와 선생님은 예전과 다름없이 대화를 나눴다. 가나코 씨와도 친구처럼 가까워져 시간이 날 때는 소설 집필에 필요한 자료 조사를 도왔다. 지금까지 내게는 동갑내기 친구밖에 없었기 때문에 가나코 씨와의 대화는 신선하고 흥미로웠다. 결혼식에도 초대받았다. 나는 선생님이 어떤 차림으로 식장에 올지 기대하며 그날을 기다렸다.

2월 14일은 아침부터 추위가 매서웠고 텔레비전에서는 오후부터 눈이 내린다는 예보가 나왔다. 방과 후 교무실에 가보니 난방으로 훈훈한 실내에서 혼다 선생님이 사무용 책상 앞에 앉아 있었다. 다가가 말을 걸자 선생님이 나에게 옆자리에 앉으라고 권했다.

우리는 마치 학업 상담을 하듯 진지한 표정으로 대화를 나눴다.

"기타가와 세이지의 녹취록 일이 없어져서 아쉬워요."

처음으로 녹취록 작성에 대해 선생님에게 털어놨다. 기타가와 세이지의 연재는 얼마 전에 끝났고, 지금은 다른 작가가 연재 중이다. 선생님은 나에게 연재를 끝낸 사유를 알려주었다. 조만간 기타가와 세이지가 본인이 아니라는 사실을 선생님과 가나코 씨가 밝힐 모양이었다.

"그랬구나. 그 취재 테이프를 듣고서……."

선생님은 이제야 알겠다는 표정으로 고개를 끄덕였다.

"네, 아르바이트였어요."

출판사에 근무하는 삼촌이 녹취록 작성 아르바이트를 소개해 준 일이나 우연히 기타가와 세이지의 작업을 맡게 되었다는 그간의 사정을 설명했다. 일단 입을 열자 이야기가 술술 나왔다. 어쩌면 진작부터 선생님에게 말하고 싶었는지도 모른다.

"목소리를 듣고 알았어요. 아, 선생님이구나 하고."

선생님은 머리카락을 쓸어 올리고는 안경을 고쳐 썼다.

"왜 여태껏 말 안 했어?"

"선생님이 불편해하면 녹취록 일이 다른 사람한테 넘어갈까 봐……."

선생님의 사무용 의자가 끼익하고 소리를 냈다. 나는 다른 선생님이 이쪽을 보지 않는지 확인하고는 슬쩍 종이봉투를 건넸다.

"이거, 초콜릿이에요. 그리고 꽤 예전 일이지만 선생님이 추천해 주셨던 《첫사랑》 재밌게 읽었어요. 슬펐지만 좋은 책이었어요. 또 추천해 주세요."

자리에서 일어나 가방을 집어 들고 도망치듯 교무실을 빠져나왔다.

실내화를 신발로 갈아 신고 학교 건물을 나오자 깃털처럼 하얀 알갱이가 눈앞에 아른거렸다. 저 높은 하늘에서 만들어진 눈이 천천히 지상으로 내려앉고 있었다.

집으로 가는 전철에서 꾸벅꾸벅 졸다가 얕은 잠에 빠져들었다. 꿈속에서 나는 양배추밭을 바라보고 있었다. 녹취록 작업을 하다가 이따금 창문을 열고 바라봤던 양배추가 보였다.

처음에는 자그마한 모종이었던 것이 점점 몸집을 부풀리는가 싶더니 어느덧 둥그런 구슬이 되어 있었다. 서로 부대끼면서 언젠가 이곳을 떠나갈 날을 기다리고 있는 것 같았다.

곧 봄이 되면 배추흰나비가 양배추밭 위를 날아다닐 것이다.

고우메가 지나간다

$$1$$

이 이야기는 야마모토 간타가 평소처럼 남자애들과 장난을 치다가 점심을 먹고 있던 우리 그룹에 난입한 데서부터 시작한다. 책상이 요란한 소리를 내며 넘어지더니 도시락이 와르르 쏟아졌다. 2학기 중간고사를 앞둔 10월 중순에 일어난 일이다.

하지만 그 전에 우리 그룹을 먼저 소개할까 한다.

쉬는 시간이 되면 교실 안에서는 성향이 맞는 애들끼리 모여 크고 작은 무리를 이룬다. 예컨대 운동을 잘할 것 같은 남자애들이나 유독 예쁘장한 외모로 화장품이나 꾸밈에 신경을 쓰는 여자애들, 하나같이 안경을 쓴 채 종일 게임 얘기만 하는 애들.

나는 수수하고 눈에 띄지 않는 여자애들 무리의 일원이다. 구성원은 나와 마쓰시로, 쓰치다 이렇게 세 명이다. 우리는 늘 교실 구석에 모여 앉아 가능한 한 다른 애들에게 걸리적거리지 않으려고 애쓰며 지냈다.

마쓰시로는 키가 크고 표정이 우울한 친구다. 역 앞을 지나가면 꼭 누군가 다가와 "손금 좀 봐드릴까요?" 하고 말을 걸어올 정도다. 화려하게 꾸민 여자애들이 컬러리스트 자격증 얘기를 할 때, 마쓰시로는 여름방학 때 다녀온 시코쿠의 사찰 순례길에 관한 여행담을 신나게 떠들고는 했다.

쓰치다는 살집이 있는 체형이라 3일에 한 번은 교실 문에 끼어 쿵 하는 소리를 냈다. 화려한 여자애들 무리가 생일에 남자 친구에게 받은 파우치를 자랑할 때, 쓰치다는 덮밥집 쿠폰 기한이 지났다며 울상을 짓고는 했다.

우리 세 사람의 공통점은 거리에서 지나가는 사람과 절대 눈을 마주치지 않는다는 것이다. 복도나 편의점 앞에 여럿이 모여 있으면 우리는 다른 길을 찾거나 아예 편의점에 가는 것을 포기한다.

화려한 여자애들과는 전혀 어울리지 않는다. 남자가 말을 걸어오는 일도 없다. 마치 우리 세 사람 주위에만 보이지 않는 장막이 드리워진 느낌이다. 이따금 다른 애들이 수군거리는 소리가 들리기도 하는데, 그들은 미간 사이로 희미하게 이어진 마쓰시로의 눈썹이나 쓰치다의 체형을 비웃으며 숙덕거린다. 내 경우에는 항상 고개를 숙이고 다녀서 기분이 나쁘단다. 그 밖에도 안경이 어색하다, 사각턱이다, 나중에는 점박이라는 소리까지 들었다.

우리는 교실 안에서 존재를 지우려고 애썼다. 남들 눈에 띄는 일 없이 조용히 지낼 수만 있다면 그걸로 족했다. 당연히 반 애들이 숙덕거리는 소리에도 일일이 상대하지 않았다. 우리 셋은 그저 이산화탄소나 내뿜는 존재로서 잠자코 붙어 다니며 누구에게도 미움이나 시샘을 사는 일 없이 평범한 일상을 보내고 있었다.

그런데 느닷없이 야마모토 간타가 등장한 것이다. 어느 가을날, 교실 구석에 모여 점심을 먹고 있는 우리들 앞에 말 그대로 그가 쳐들어왔다. 친구와 장난을 치다가 무언가에 발이 걸린 모양이었다. 책상이 엎어지면서 우리가 먹고 있던 도시락이 바닥에 떨어졌다. 요란한 소리에 교실이 일순간 조용해지더니 모두의 시선이 우리 쪽으로 향했다. 어안이 벙벙해진 우리 세 사람은 젓가락을 쥔 채 한동안 미동조차 하지 못했다.

엉덩방아를 찧은 야마모토 간타가 "아야야……" 하며

엉거주춤 일어섰다. 그의 발치에는 종이 팩에 담긴 커피가 떨어져 있었다. 내가 아까 자판기에서 사 온 커피였다. 그거라도 주우려고 손을 뻗은 찰나, 그가 눈앞에서 종이 팩을 밟아버렸고 지뢰가 터지듯 내용물이 사방으로 튀었다.

평소 야마모토 간타에 대한 인상은 그다지 좋지 않았다. 한마디로 생각이 없는 녀석이다.

그는 어느 교실에나 있을 법한, 멍청하고 기운만 넘치는 무리 중 한 명이었다. 한번은 오후 수업이 시작될 무렵, 야마모토와 그의 친구들이 흙투성이가 된 교복 차림으로 교실에 들어온 적이 있다. 어찌 된 일이냐는 선생님의 질문에 그들은 점심시간에 경찰과 도둑 놀이를 했다고 대답했다. 학교를 중심으로 반경 5킬로미터 이내라는 범위를 정하고, 뒷산 나무 위에 숨은 친구를 쫓아 언덕을 구르거나 건너편으로 넘어가기 위해 연못을 헤엄치다 그 지경이 되었다는 것이다. 체육복으로 갈아입고 수업을 받던 그들의 모습은 새끼 원숭이 무리나 다름없었다.

구체적으로 그의 어디가 생각이 없어 보이냐고?

하루는 수업이 끝난 교실에 들어가려는데 야마모토 간타와 같은 반 여자애가 마주 서 있는 모습을 목격했다. 그는 여자애에게 고백 중이었다. 하지만 상대방은 단칼에 거절했다. 야마모토가 자기보다 키가 작다는 이유에서였다. 그로부터 3일쯤 지난 점심시간, 이번에는 학교 건물 뒤편에서 다른 여자애에게 고백하고 있는 야마모토를 발견했다. 물론 이번에도 작업 실패였다. 또 일주일 후 이번에는 야마모토 간타가 젊은 여교사에게 고백했다가 차였다는 소문이 교실에 나돌았다. 다른 남자애가 발 빠르게 확인한 결과 사실로 밝혀졌다.

여러 여자와 동시에 사귀는 거라면 그냥 바람둥이려니 생각하면 된다. 하지만 야마모토 간타는 고백하는 족족 차이기만 한다. 적의 공격으로 침몰한 배가 인양 작업이 끝날 새도 없이 다시 격추당하는 꼴이다. 얻어터지기만 하다 참패하는 복서나 마찬가지다. 그런데도 며칠만 지나면 야마모토는 태연한 얼굴로 다른 여자애에게 마음을 빼앗긴다. 나로선 도저히 이해가 가지 않는 녀석이었다.

"미안! 진짜 미안!"

야마모토 간타는 잘못을 사과하며 책상을 원래대로 돌려놓았다. 함께 장난을 치던 그의 친구는 "나 먼저 간다"라는 말만 남기고 쌩하니 교실을 빠져나갔다. 우리는 특별히 놀라거나 화를 내지도 않고 그저 쏟아진 반찬을 묵묵히 주워 담았다. 마쓰시로가 가방에서 티슈를 꺼냈다.

"자, 이거 써."

대부업체가 역 앞 같은 데서 나눠주는 휴대용 티슈였다. 무슨 이유에선지 마쓰시로는 이런 휴대용 티슈가 엄청 많았다. 거절할 수 없어서 늘 받아주는 모양이다. 우리는 마쓰시로가 준 티슈로 교복에 묻은 얼룩을 닦아냈다.

야마모토 간타도 어디선가 걸레를 갖고 와서 함께 바닥을 청소했다.

"저기, 이름이 뭐였지?"

실내화에 묻은 커피를 닦고 있는데 그가 내게 물었다.

"……가스가이 유즈키."

"그렇구나. 실내화는 미안하게 됐다."

얼굴이 보일까 봐 나는 애써 고개를 숙였다.

"근데 여기도 뭐 묻었어."

야마모토 간타가 내 안경을 손가락으로 가리켰다. 저 만치에 있던 남자애가 억지로 웃음을 참으며 이쪽을 보고 있었다. 내 안경은 도수가 높은 데다 그나마도 렌즈가 싸구려라 두껍고 무거웠다. 게다가 안경테가 얼굴 크기와 맞지 않아 하루에도 몇 번씩 흘러내렸다. 그런데 하필 커피 방울이 안경 렌즈에까지 튄 것이다.

민망함을 겨우 참으며 황급히 등을 돌리고는 안경을

닦았다. 마쓰시로와 쓰치다가 매점에 빵을 사러 가야겠다고 말하는 동안, 야마모토 간타가 자기 자리로 가더니 가방에서 종이 몇 장을 꺼내 다시 돌아왔다.

"도시락 일은 미안해. 이걸로 좀 봐줘. 끄트머리가 좀 찢어졌지만, 쓰는 데는 문제없어."

그는 우리에게 고깃집 체인점의 할인권을 한 장씩 나눠주고는 교실을 나갔다. 할인권은 야마모토 간타의 가방 안에서 이리저리 굴러다녔는지 꼬깃꼬깃했다.

"우와! 70퍼센트 할인이래."

쓰치다가 신나서 말했다.

우리는 매점에 가면서 방금 벌어진 일을 두고 깜짝 놀랐다며 가슴을 쓸어내렸다. 학교 건물을 잇는 구름다리에 다다라 한창 수다를 떨고 있는 여자애들과 엇갈려 지나갔다. 예쁜 외모는 물론, 뿜어내는 분위기가 우리와는 차원이 달랐다. 야마모토 간타네 무리가 새끼 원숭이라면 이들은 형형색색의 만개한 꽃밭이었다. 반면에 우리는 벽의 얼룩이나 청소도구함 같은 존재다. 불만은 없다. 오히려 마음이 편하다. 누구도 돌아보지 않는 돌멩이 같은 존재가 내가 다다르고자 하는 경지이니까.

"화장실에 들렀다 갈 테니까 먼저 가."

두 사람에게 양해를 구하고 나는 혼자 여자 화장실로 향했다. 방금 일어난 소동으로 화장이 지워졌을까 봐 내심 신경이 쓰였다. 일단 변기 칸에 들어가 주머니에서 접이식 손거울을 꺼내 얼굴을 살폈다.

점의 위치, 흔히 사각턱이라고 부르는 두툼한 하관. 커다란 안경과 두꺼운 렌즈 때문에 찡그린 것처럼 보이는 눈매. 이 정도면 어디서나 볼 법한 평범한 얼굴이다. 수수해서 사람들의 이목을 끌 일도 없다. 덕분에 이 학교에서는 나를 빤히 쳐다보는 사람이 없다.

나는 늘 화장도구를 가지고 다닌다. 하지만 이 얘기는 마쓰시로나 쓰치다에게도 하지 않았다. 입에 물고 있던 탈지면 뭉치를 꺼내 쓰레기통에 버리자 거울 속 두툼하던 턱선이 날렵해졌다.

고등학생이 되고부터는 아침마다 화장에 꽤 공을 들이고 있다. 머리 모양이나 복장도 가능한 한 수수해 보이도록 한다. 지금 내 모습은 어디서나 볼 수 있는 평범한 여고생이다. 아니, 오히려 평범한 여고생보다도 존재감이 없다. 남자애들이 칭찬하거나 관심을 보인다는 이유로 여자애들에게 미움을 사던 생활과는 이제 거리가 멀어졌다.

아빠의 회사 일로 우리 집은 내가 중학교를 졸업함과 동시에 대도시에서 지방 소도시로 이사를 왔다. 사는 곳이 달라지면 나를 아는 사람도 없어진다. 나는 엄마와 상의한 끝에 이사를 기회 삼아 가짜 얼굴을 만들기로 했다.

먼저 탈지면 뭉치를 입속 어금니와 볼 사이에 끼워 양쪽 턱이 불룩해 보이도록 했다. 점을 그려 넣고, 일부러 얼굴과 맞지 않는 안경을 썼다. 이런 가짜 얼굴로 고등학교에 다녀도 된다고 엄마가 허락한 건, 일찍이 본인도 이와 비슷한 일로 고민한 적이 있어서다. 내 얼굴은 여배우로 활동했던 엄마에게 물려받은 부분이 많다.

다행히 지금까지 스토커가 따라붙은 적은 없다. 길에서 몰래카메라에 찍힌 적은 있지만, 험한 일을 당하진 않았다. 그래도 간담을 서늘하게 하는 사건이 딱 한 번 있기는 했다. 잡지 모델 일을 하던 때의 일이다. 어린이용 카탈로그에 실린 내 사진을 보고 어떤 남자가 한 달에 수십 통씩 사무실로 편지를 보내온 것이다. 직접 읽어보지는 못했지만, 편지를 훑어보던 부모님의 얼굴이 새파랗게 질린 것만은 똑똑히 기억하고 있다.

사실 잡지사의 아동복 모델을 하게 된 것도 내 뜻은 아니었다. 엄마가 신세를 졌던 지인이 모델 사무실을 운영했는데, 어느 날 그에게서 다급한 연락을 받았다.

"당장 열 살 전후의 여자아이 모델이 필요해. 이거 펑크 나면 정말 큰일 나."

지인의 간곡한 부탁에 못 이겨 엄마가 나를 스튜디오에 데리고 갔다. 그저 남을 도와줄 생각이었다.

수많은 사람이 보는 앞에서 새 원피스를 차려입고 사진에 찍히는 일은 역시 거북했다. 주목받는 걸 좋아하는 사람들의 마음이 도무지 이해가 되지 않았다. 하지만 어쩌다 찍게 된 사진이 독자들에게 꽤 좋은 반응을 얻었는지 이후로도 촬영 의뢰가 끊이지 않아 결국 모델 일을 계속하게 되었다. 나는 사진 촬영을 노동으로 여기기로 했다. 용돈이 들어오니 말 그대로 노동이었다.

하루는 촬영을 앞두고 대기가 길어진 적이 있다. 아무래도 장비 세팅에 시간이 걸리는 모양이었다. 마냥 대기실에만 앉아 있기 심심했던 차에 방치되어 있던 화장도구가 눈에 들어왔다. 나는 문득 약간의 변장으로 사람들을 놀라게 해주면 재미있겠다는 생각이 들었다.

일단 일부러 수수해 보이게 화장을 했다. 티가 나지 않을 만큼 얼굴의 균형을 무너뜨렸다. 거기에 어딘지 모르게 잘 맞지 않는 가발을 쓰고 대기실을 나섰다.

스튜디오에서는 촬영기사와 사무실 사람들이 분주히 움직이고 있었다. 내 쪽을 쳐다보는 사람은 아무도 없었다. 다들 자기 일에 열중한 상태라 누가 부르기라도 하면 화를 낼 수도 있을 것 같은 정신없는 분위기였다. 그때 스튜디오 관계자가 우두커니 서 있는 나를 향해 손짓했다. "너, 할 일 없으면 편의점에서 주스 좀 사 올래?" 하며 돈을 건네줬다. 모델이라고는 생각되지 않는 모습이었기 때문에 같이 온 친구나 지인쯤으로 여기는 듯했다. 나는 신분을 밝히지 않은 채 고개를 끄덕이고는 편의점으로 향했다.

거리를 걷는데 내 쪽을 쳐다보는 사람이 아무도 없다는 것에 놀랐다. 길이 넓어진 것 같아 어쩐지 해방감을 느꼈다. 그동안은 사람이 많은 곳에 가면 누가 쳐다보거나 말을 거는 경우가 많았기 때문이다.

나는 사람들의 시선을 좋아하지 않는다. 교실에서든 거리에서든 돌멩이처럼 날 그냥 내버려뒀으면 좋겠다. 취향도 외모와는 딴판이라는 소리를 종종 들었다. 《여기는 잘나가는 파출소》나 《도박묵시록 카이지》처럼 익살맞은 남성향 만화를 좋아한다고 하면 사람들이 하도 놀려대서 나중에는 대충 여자애들이 좋아할 만한 만화 이름을 댔다. 옷도 수수한 색만 고르고 보풀이 일어난 운동복 차림으로 편의점에 가도 아무렇지 않다. 차려입고 외출하는 것보다 고타쓰 앞에 앉아 떫은 차를 홀짝이는 것이 더 좋다.

초등학생 때는 개그 만화를 그리면서 놀았다. 여자애들과 노트에 한 페이지씩 번갈아 가며 그렸는데, 그림에 영소질이 없어서 엉성하기는 해도 재미있었다. 하지만 언제부턴가 이성에 눈을 뜨기 시작한 친구들은 만화 그리기가 시시해졌는지 하나둘씩 멀어졌다. 마지막에는 나 혼자 남아 거의 자기만족에 가까운 만화를 그리고 있었다.

잡지 모델을 그만둔다고 했을 때 사무실 사람들은 물론 촬영기사, 심지어는 편집자까지 나서서 나를 말렸다. 고맙게도 다들 나를 좋게 봐주었던 것 같다.

하지만 잡지 모델로 유명해져 방송계까지 진출했다면 나는 분명 머리가 이상해졌을 것이다. 엄마가 종종 하는 말이 있다. 조용하고 평범한 하루하루를 보내는 것이 세상에서 가장 행복한 삶이라고. 길가의 돌멩이를 스승으로 삼는 내 성격도 엄마에게 물려받은 것인지도 모른다.

야마모토 간타가 준 할인권을 챙겨 부모님과 함께 근교 고깃집을 찾은 것은 대형 쇼핑몰 사티에서 실컷 쇼핑을 마친 뒤였다.

"아까 가스가이라는 이름으로 예약했는데요."

가게 입구에서 엄마가 점원에게 말했다. 젊은 여자 점원은 엄마를 보고 고개를 갸웃했다. 어디서 본 듯하다는 표정이었다. 엄마가 배우로 활동한 것은 아주 오래전 일이고 그 기간도 불과 몇 년 정도에 불과해 대부분 이름까지는 떠올리지 못한다. 그 점원도 예외는 아니었는지 기분 탓이려니 하고 넘기면서 우리를 자리로 안내했다.

곳곳에 자리를 잡고 앉아 고기를 굽는 손님들 덕에 가게 안은 식욕을 자극하는 기분 좋은 소리와 냄새로 가득했다. 우리 가족은 안쪽 자리에서 갈비와 안창살, 등심을 시켜 먹었다. 포만감이 들자 일요일을 잘 마무리했다는 생각에 덩달아 기분이 좋아졌다.

주문한 디저트를 기다리는 동안 나는 화장실에 가려고 자리에서 일어섰다. 통로를 지나가니 몇몇 사람들의 시선이 느껴졌다. 취한 남자 손님이나 기름때가 눌어붙은 불판을 갈던 점원이 나를 흘끔거렸다.

오늘은 화장기 없는 맨얼굴이었다. 안경도 벗고 콘택트렌즈를 끼고 나왔다. 휴일에 아빠와 함께 외출할 때는 화장을 하지 않기로 했기 때문이다.

숯불에 고기가 익으면서 육즙이 지글거리는 소리가 들

렸다. 매장 여기저기서 연기가 피어오르고 있었다. 그때 커플로 보이는 두 사람이 눈에 들어왔다. 남자가 여자 몰래 내 쪽을 흘끔거렸다. 그만해. 보면 안 돼. 저러다 싸움이 나는 것이다. 중학생 시절 저런 남자애들 때문에 몇 번이나 싸움에 휘말렸다. 나는 아무것도 하지 않았는데 여자애들의 반감을 사고 말았다. 고기가 익으면서 기름이 사방으로 튀는 소리가 연신 들려왔다. 나는 고개를 숙인 채 종종걸음을 치며 화장실로 도망쳤다.

세면대 거울에 비친 내 얼굴을 다시금 살펴봐도 특별한 감흥은 느껴지지 않는다. 하지만 다른 사람에게는 그렇지 않은 듯하다. 가슴을 아프게 하고 숨이 가빠지게 하는 모양이다. 문득 중학생 때 내게 고백한 남자애 중 하나가 내가 눈을 어떻게 깜빡이고 내 입술에서 무슨 말이 흘러나오는지 알고 싶다고 말했던 것이 떠올랐다.

고깃집에서 야마모토 간타와 마주친 것은 계산대 앞에서였다. 맥주를 마신 아빠 대신 운전대를 잡기로 한 엄마가 먼저 가서 차를 빼놓겠다며 나에게 지갑을 맡기고 가게를 나섰다. 계산대 앞에서 할인권을 꺼내며 "이거 쓸 수 있나요?" 하고 점원에게 묻는데, 맞은편에서 야마모토 간타가 가게 유니폼을 입고 서 있었다.

나는 너무 놀란 나머지 "앗!" 하고 소리쳤다. 야마모토 간타는 헤벌쭉한 표정으로 나를 보고 있었다. 할인 쿠폰은 야마모토가 이 가게의 아르바이트생이라 구할 수 있었던 것이다. 미리 알았더라면 평소처럼 화장을 하고 왔을 텐데 방심하고 말았다.

"아, 그……."

계산대를 사이에 두고 야마모토 간타는 한동안 아무 말도 하지 못하다가 겨우 입을 뗐다.

"가스가이, 뭐라고 했는데……."

"……유즈키?"

야마모토 간타는 격렬하게 고개를 끄덕였다.

"맞다, 유즈키! 예약자 명단에 가스가이라고 적혀 있어서 혹시 왔나 싶었는데."

야마모토는 할인권으로 시선을 떨구더니 가장자리의 찢어진 부분을 손가락으로 만지작거렸다.

"이거, 그 여자애들한테 줬던 건데. 아, 저는, 유즈키랑 같은 반이에요."

야마모토는 초면인 사람에게 인사하듯 말했다. 내 정체를 들킨 줄 알았더니 그게 아닌 모양이었다. 대답할 말이 마땅치 않아 머뭇거리고 있는데 야마모토가 다시 말을 걸었다.

"유즈키 가족 되시죠?"

우리는 서로의 얼굴을 처다봤다. 조명 아래, 그의 눈이 어린아이처럼 반짝였다. 야마모토 간타는 우리 반 남자애들 중에서 키가 가장 작다. 나랑 비슷한 정도다. 그래서 우리는 눈높이가 같았다.

야마모토 간타는 내가 가스가이 유즈키라는 것을 깨닫지 못하고 그저 유즈키에게 할인권을 받은 친척쯤으로 여기는 듯했다.

차라리 잘됐다 싶었다. 나는 적당히 둘러댈 요량으로 그에게 거짓말을 했다.

"가스가이 유즈키…… 동생이에요."

"이름이?"

"고우메라고 합니다."

나는 그렇게 말하고는 상냥하게 웃으며 서둘러 계산을 마친 뒤 도망치듯 가게를 빠져나왔다.

2

고깃집에서의 해프닝이 끝나고 상쾌한 월요일 아침이

밝았다. 엄마가 만들어 준 달걀부침으로 아침밥을 먹고 이를 닦은 다음 못난이 화장에 돌입했다. 내 화장에 그런 이름을 붙인 사람은 아빠였다. 딸이 자기 얼굴을 가린 채 학교에 다니는 것을 아빠는 끝까지 반대했다.

거울을 보며 얼굴 양쪽에 작은 점을 몇 개 그려 넣었다. 이때 위치와 개수가 매번 달라지지 않도록 그리는 것이 중요한데, 기억하기 쉽게 별자리를 응용했다. 점을 이으면 오른쪽 얼굴에는 카시오페이아, 왼쪽에는 안드로메다 별자리가 완성된다. 이 놀라운 비밀은 아직 가족들조차 눈치채지 못했다.

화장한 게 탄로 날까 봐 눈썹 화장은 생략했다. 그래도 최소한 앞머리로 이마와 눈썹 언저리를 가려 얼굴 전체에 그늘이 지도록 했다.

다음으로 작게 뭉친 탈지면 두 개를 입안에 넣어서 양볼을 부풀렸다. 사각턱 완성이다. 전에 수영장에서 체육 수업을 할 때도 탈지면을 입에 문 채 헤엄쳤다. 한번은 자유형을 하면서 숨을 들이쉬다가 탈지면이 목에 걸리는 바람에 숨이 막혀 죽을 뻔한 적도 있다. 게다가 수업이 끝나면 점도 다시 그려 넣어야 해서 여간 성가신 일이 아니었다.

탈지면을 입에 무는 것은 도전이었다. 밥을 먹을 때도

같이 삼키지 않도록 조심해야 했다. 하지만 인간은 적응의 동물이라고 하지 않나. 이제는 탈지면을 물고도 자연스럽게 음식물을 넘긴다.

교복은 내 체격과 맞지 않는 치수를 골랐다. 왜소한 몸에 비해 교복이 너무 커서 촌스러워 보인다. 속눈썹과 눈은 렌즈가 두꺼운 안경으로 가렸다. 마지막으로 흰 양말을 무릎까지 올려 신고는 부모님에게 인사하고 집을 나섰다.

1교시는 수학 시간이었다.

"그런 식으로 해서 이번 시험을 제대로 볼 수 있기나 하겠냐?"

자리에 앉아 있는 야마모토 간타를 내려다보며 남자 수학 선생님이 말했다. 교실 분위기는 싸늘해졌고 다들 숨죽인 채 침묵했다. 우리는 수업 시간에 칠판에 적힌 삼각함수 문제를 풀고 있었다. 그런데 야마모토 간타가 심심풀이로 노트에 낙서를 끼적이다가 수학 선생님에게 들키고 만 것이다.

"그 그림이 이 수업하고 무슨 상관이 있지? 말해봐. 대체 뭘 그린 건데?"

"네, 나루토입니다!"

야마모토 간타가 씩씩하게 대답하자 교실 여기저기에

서 풋 하고 웃음소리가 터져 나왔다. 나루토는 주간 만화잡지에서 연재 중인《NARUTO》에 등장하는 닌자 소년이다. 고등학생이나 된 녀석이 수업 중에 닌자를 그리다가 선생님에게 들키다니. 그 모습이 어지간히 우스웠는지 몇몇 애들은 웃음을 참느라 안간힘을 썼다.

수학 선생님은 싸늘한 눈길로 야마모토 간타를 흘끗 보더니 전원에게 말했다.

"너희들은 이렇게 되지 마라."

수업이 끝나고 선생님이 교실 밖으로 나가자 반 애들은 일제히 숨을 토해냈다. 어떤 애는 기지개를 켰고, 어떤 애는 선생님을 험담하기도 했다. 친한 애들끼리 삼삼오오 모여 와자지껄 떠드는 가운데 야마모토 간타가 내 자리로 다가왔다.

"가스가이, 잘 지내?"

나는 잠자코 고개만 끄덕였다. 앉아 있는 내 눈높이와 맞추려 했는지 그는 책상 앞에 엉거주춤한 자세로 서 있었다. 그의 시선을 피하기 위해 몸을 틀어 대각선 방향을 바라봤다. 가능한 한 얼굴을 보이고 싶지 않았다.

"어제는 혼자서 저녁 먹었어?"

나만 고깃집에 없었기 때문에 그렇게 생각한 듯했다.

"집에서 공부하느라."

나는 되도록 무뚝뚝하게 대답했다.

"가게에서 네 동생을 만났어. 얘기 들었어?"

"안 그래도 고우메가 얘기하더라."

마쓰시로와 쓰치다의 자리는 나와 조금 떨어져 있었다. 앞머리 사이로 두 사람이 걱정스럽게 이쪽을 쳐다보는 모습이 눈에 들어왔다. 우리에게 남자가 말을 거는 일은 거의 없으니 그럴 만도 했다. 나는 두 사람에게는 나중에 적당히 둘러대야겠다고 생각했다. 시험 때문에 야마모토 간타가 노트를 빌려달라 했다고.

"너희 가족이 가고 나서 같이 아르바이트하는 선배가 네 동생이랑 아는 사이냐고 묻는 바람에 난처해서 혼났어. 고우메 씨하고 얘기하는 걸 봤나 봐. 그나저나 고우메 씨에 대해 묻고 싶은 게 있는데……."

"동생하고 무슨 일 있었어?"

"그날 이후로 고우메 씨 생각이 떠나질 않아서."

"으응, 그래. 근데 내가 도서실에 볼일이 있어서."

그렇게 둘러대고는 서둘러 자리를 떴다. 뒤에서 불러 세우는 목소리가 들렸지만 모른 척하고 도망쳤다. 야마모토 간타가 고우메에 관해 물어볼 거라고는 어제부터 짐작하고 있었다. 계산대를 사이에 두고 마주 봤을 때, 야마모토의 표정은 여자에게 한눈에 반한 소년 그 자체였으니까.

저녁이면 드라마 재방송을 보며 떫은 차를 마시는 것이 내 일과다. 그래서 방과 후 학교에 남은 적이 별로 없다. 그날도 나는 훈련복으로 갈아입은 운동부원이나 악기를 들고 가는 관악부원을 지나 건물 현관에서 실내화를 갈아 신었다. 옛날 같으면 신발장 속에 편지가 가득했겠지만, 이제는 그런 일도 없다. 마쓰시로와 쓰치다는 각각 탁구부와 유도부 소속이라 방과 후에 연습을 하러 간다. 그래서 셋이서 같이 하교하는 일은 드물었다.

혼자서 학교 건물을 막 나오려는데, 바로 옆 기둥 뒤에서 야마모토 간타의 목소리가 들려왔다.

"잠깐, 가스가이. 할 말이 있어."

기둥의 그림자 진 쪽에서 녀석이 나타나더니 내 앞을 가로막았다. 이번에는 꼼짝없이 붙잡히고 말았다.

"혹시 계속 거기서 기다렸어?"

"응, 닌자처럼 조용히 몸을 숨기고 있었지."

"여러분, 여기 이상한 사람 있어요."

버스정류장을 향해 잰걸음을 쳤다. 야마모토 간타는 몇 미터 앞에서 내 쪽을 돌아본 채 뒷걸음질로 걸었다.

"나, 고우메 씨 한 번 더 만나고 싶어."

야마모토는 그렇게 말하면서 발밑에는 눈길 한번 주지 않고 보행로 옆 분리 턱에 올라섰다. 그러더니 나와 몇 발짝 거리를 유지하며 평균대 위를 후진하듯 걸었다. 양손은 바지 주머니에 찔러 넣은 채였다. 대수롭지 않게 걷는 모습에서 늘 해오던 행동이라는 듯한 무심함이 느껴졌다.

"넌 동아리 활동 안 해?"

"아르바이트도 있고, 동생도 돌봐야 해서."

그는 언뜻 운동부 소속처럼 보였다. 분리 턱은 중간에 일부 부서진 곳이 있었다. 내가 굳이 일러주지 않아도 그는 뒤로 걷는 주제에 부서진 부분을 잘도 뛰어넘었다. 눈이 뒤통수에도 달린 건가.

"맞다! 너희 집에서 같이 공부하면 되겠다!"

"고우메랑 만난 거 다른 남자애들한테도 말했어?"

"그럴 리가!"

"비밀로 해줄래? 나한테 여동생 있는 거."

"근데 너희들 정말 자매 맞아?"

아니요, 동일 인물입니다. 내가 가만히 있으니 화라도 난 줄 알았는지 그가 당황하며 말을 이었다.

"외모를 말하는 게 아니야. 뭐라고 해야 하나…… 애교라고 해야 할까?"

문득 어제 계산을 하면서 그에게 미소를 지어 보였던 일이 떠올랐다. 목소리 톤도 조금 높였던 것 같다. 못난이 화장을 하고 있으면 늘 고개를 숙이고 다니고 태도도 무뚝뚝해진다. 얼굴을 보이고 싶지 않다는 생각 때문일 것이다. 게다가 이따금 나는 의심에 찬 눈초리로 사람을 바라볼 때가 있다. 그러니 지금의 나는 그에게 있어 결코 좋은 인상을 주는 여학생이 아닐 테다.

"미안, 나쁜 뜻으로 말한 건 아냐."

"됐어! 상관없어!"

보행로의 분리 턱이 끊기고, 야마모토 간타는 평지로 내려와서 걷기 시작했다. 여전히 뒤로 걷는 자세를 유지했지만, 10미터도 채 못 가서 굴러다니는 주스 병을 밟아 넘어지고 말았다.

"괜찮아?"

"엉덩이가 너무 아파."

일어서는 그를 보고 있자니 어이가 없었다. 분리 턱 위에서는 별 탈 없이 잘만 걷다가 정작 평지에서 넘어지다니.

"발밑을 안 보니까 그렇지."

"저기, 언니의 특권으로 어떻게 고우메 씨 좀 만나게

해주면 안 될까?"

교복 바지를 털며 울먹이는 목소리로 그가 말했다.

"그건 힘들어."

"그 힘든 일을 어떻게 좀."

목적지인 버스정류장이 보이기 시작했다. 하지만 야마모토 간타는 아랑곳하지 않았다.

"여동생만 만나게 해주면 내가 무슨 일이든 할게. 네 신발도 핥을 수 있어."

급기야 애처롭기 그지없는 목소리로 매달리기 시작했다. 그 모습이 참 가엾다는 생각에 연민을 느꼈다.

"그럼, 네가 이번 수학 시험에서 70점을 넘으면 동생한테 부탁해 볼게."

내가 그렇게 말한 건 그가 불쌍하기도 했고, 또 이대로 집까지 따라오면 곤란할 것 같아서였다. 무엇보다 수학 시간에 선생님에게 혼나던 그의 모습이 뇌리에 남아 있었던 모양이다.

이윽고 버스가 정류장에 도착했다. 버스 안에서 창밖을 바라보니 야마모토 간타가 망연자실한 표정으로 서 있었다. 보나 마나 포기할 게 뻔하다. 그에게 70점은 아무리 생각해도 무리다.

그런데 다음 날.

가까스로 지각을 면한 야마모토 간타가 내 자리에 와서 호기롭게 선언했다.

"나 오늘부터 공부한다! 그러니까 넌 약속 꼭 지켜!"

2층 복도는 볕이 잘 드는 곳이라 쉬는 시간이면 몇몇 학생들이 햇볕을 쬐려고 모여든다. 나와 마쓰시로, 쓰치다도 창가에 모여 중간고사 기출문제를 어떻게 구해야 할지 의논 중이었다. 보통은 친구 한 명이 자료를 구해와 돌려 보는데, 우리는 우리 외에 친구라고 부를 만한 사람이 없어서 입수 경로가 제한적이었다.

그때 복도에 나타난 야마모토 간타가 나를 발견하고는 회심의 미소를 지으며 수학 노트를 펼쳐 보였다.

"이것 좀 보시지, 유즈키! 내가 밤새 쓴 거라고!"

노트에는 삐뚤빼뚤한 남자 필체로 꾹꾹 눌러쓴 수식이 적혀 있었다. 알아보는 데 애를 먹긴 했지만 답도, 풀이도 모두 제대로였다. 야마모토는 뿌듯한 듯 말했다.

"아, 미치겠네. 이러다 만나겠는데? 그 친구 만나겠어!"

"이 정도는 당연히 풀어야지."

우쭐대는 그를 보며 말했다.

지난 며칠 동안 야마모토 간타는 시도 때도 없이 나를 찾아와 이 문제가 안 풀린다, 이 단어는 무슨 뜻이냐, 도대체 이걸 배워서 어디다 쓰냐고 물었다.

심지어 마쓰시로와 쓰치다에게도 물어봤다. 그러면 두 사람은 벌벌 떨면서 그에게 풀이법을 가르쳐 주었다. 야마모토 간타가 씩씩하게 "고마워, 덕분에 살았다!"라고 말하면 두 사람은 황송하다는 듯 몸을 움츠렸다. 마쓰시로와 쓰치다는 야마모토가 왜 자꾸 나에게 와서 말을 거는지 묻지 않았다. 그가 말을 걸든 말든 전과 다름없이 우리는 다른 애들 눈에 띄지 않는 곳에서 함께 시간을 보냈다.

야마모토 간타는 중학교 수학 과정부터 다시 공부해야 했다. 이제 그는 쉬는 시간이면 친구하고 노는 것도 마다하고 예전 교과서를 뚫어지게 쳐다보고 있었다. 그런 야마모토가 신기한 듯 친구들은 고개를 갸웃거리며 갑자기 웬 공부냐고 캐물었다. 나와 약속한 대로 그는 절대 고우메 얘기를 꺼내지 않았다. 친구가 야마모토의 입을 양옆으로 찢어 대고 콧구멍에 땅콩을 집어넣어도 그는 말없이 수학 교과서만 노려봤다. 야마모토를 이렇게나 진지하게 만든 것은 지난번 고깃집에서 딱 한 번 마주친 고우메라는 존재다. 그렇게까지 해서 만나고 싶은 소녀가 실은 같은 반 친구라는 것을 그는 꿈에도 모르고 있었다.

공부에 매진하는 야마모토 간타를 날마다 보고 있자니 마음이 짠했다. 그렇게 애쓰지 않아도 되는데. 첫눈에 반한 건지 뭔지 모르겠지만, 이렇게 열심히 할 필요는 없지 않은가. 게다가 얼마 전까지만 해도 이 여자, 저 여자 할 것 없이 마구 고백을 하고 다니지 않았던가. 그냥 고우메는 잊어버리고 평소에 하던 대로 빨리 다른 아이에게 반해버리면 좋을 텐데.

"너는 왜 나한테 공부를 가르쳐 주는 거야?"

방과 후 도서실에서 야마모토 간타가 나에게 물었다. 이제 막 수학 노트를 펼치고 문제를 풀려던 참이었다.

"네가 날 여기로 끌고 온 거잖아."

야마모토는 집에 갈 채비를 마친 나를 억지로 도서실까지 끌고 와 옆자리에 앉혔다.

"하지만 넌 내가 동생을 포기하게 하려고 그런 조건을 건 거잖아? 근데 공부를 가르쳐 주다니 모순 아냐?"

나는 얼굴이 안 보이도록 고개를 숙인 채 대답했다.

"그야, 네가 정말 공부할 줄은 미처……."

일단 열심히 하는 사람은 응원하고 싶었다. 고우메를 만나게 해준다느니 만다느니, 그런 골치 아픈 얘기는 그다

음 문제라고 생각했다. 첫인상은 별로였지만 남자들 특유
의 지저분한 글씨로 빼곡하게 채워진 그의 노트를 보면서
왠지 나쁜 녀석은 아닌 것 같다는 판단이 들기 시작했다.

"네가 점수를 잘 받으면 수학 선생님도 놀랄 거고."

"너도 그 자식 싫어해?"

내가 고개를 끄덕이자 야마모토의 표정이 밝아졌다.

"좋아, 우린 이제부터 친구야. 악수하자."

"됐어."

"그 인간보다 네가 훨씬 교사에 어울려."

"어째서?"

"얼마 전 수업 때, 그 선생이 한 말 기억나? 그 인간은
그냥 날 포기한 거야. 아, 저 녀석은 안 되겠다 하고. 하지만
넌 달라. 이렇게 공부도 가르쳐 주잖아. 이래 봬도 나 초등
학생 때는 수학 꽤 잘했어."

"정말?"

"중학생 때부터 손을 놔서 그렇지. 그나저나 뒤처진 진
도를 언제 따라잡나……."

얼굴을 숙인 채 안경과 앞머리 사이로 야마모토 간타
의 눈을 흘끔 바라봤다. 그는 교실에서 친구들과 장난칠 때
는 보여주지 않던 진지한 표정을 짓고 있었다. 야마모토에

게도 이런 표정이 있구나 싶어 의외라는 생각이 들었다.

"수학은 암기과목이랑 다르게 차근차근 단계를 밟아야 하는 거라 어려울지도 몰라."

"거짓말이라도 잘될 거라고 말해주면 덧나냐?"

"아니, 무리야. 아무리 생각해도."

도서실은 학교 건물 서쪽에 있다. 창문으로 들어오는 석양빛을 받은 책장이 사선으로 길게 그림자를 드리웠다. 도서실에는 야마모토 간타 말고도 공부하는 학생들이 몇 몇 있었다. 나는 야마모토의 옆에 앉아 읽다 만 책을 펼쳐 들었다. 이따금 그가 팔꿈치로 찌르면 문제 푸는 법을 알려주거나 문제 출제자가 저주를 받고 죽었으면 좋겠다는 푸념도 들어줘야 했다. 그러는 사이 창밖은 어두워졌고 드문드문 있던 학생들도 모두 돌아갔다. 어느새 나는 책에 완전히 심취해 있었다. 졸고 있는 야마모토를 뒤늦게 발견하고는 기가 막혀서 냅다 그의 다리를 걷어찼지만, 깨어날 기미가 보이지 않았다. 하는 수 없이 야마모토를 내버려두고 혼자 도서실을 나왔다. 버스를 타고 어두운 밤거리를 달려 집 근처 주택가에 도착했다. 이렇게 늦은 시간까지 학교에 남아본 것은 오랜만이었다. 이따금 방과 후 학교에 남는 것도 나쁘지 않겠다는 생각이 들었다.

"동생 사진 좀 줘. 책상에 붙여두면 공부가 더 잘될 것 같아. 휴대전화 메일로 보내줘도 돼."

중간고사를 일주일 앞두고 야마모토 간타가 내게 바짝 다가오더니 그런 말을 꺼냈다. 두 손을 모은 야마모토의 눈에는 눈물까지 고여 있었다. 어지간히 절박해 보였지만 당연히 거절했다. 그래도 야마모토는 물러서지 않았다. 마음이 바뀌면 언제든 연락하라며 휴대폰 번호와 메일 주소를 노트 끄트머리에 적어주었다.

"정 뭣하면 그걸 고우메 씨한테 직접 전해줘도 돼!"

"집에 가면 쓰레기통에 버릴 거야."

"저기요, 누님!"

같은 날, 집에 오자마자 입안에서 탈지면을 꺼내고 화장을 지운 뒤 개운한 기분으로 시험공부에 돌입했다. 저녁을 먹고 수학 문제집을 푸는데 생각 외로 문제가 술술 풀렸다. 야마모토 간타에게 풀이를 가르쳐 주면서 저절로 공부가 된 모양이었다.

방 창문에 평소에 쓰는 안경을 착용한 내 모습이 비쳤다. 못난이 화장을 할 때의 어울리지 않는 안경은 학교에서만 쓴다.

익숙한 얼굴이다. 하지만 이 얼굴이 제멋대로 사람들

의 눈길을 끄는 것은 무엇 때문일까. 눈? 아니면 콧날? 그
것도 아니면 입술? 엄마와 닮은 부분도 있고 아빠에게 물
려받은 부분도 있다. 처음으로 모델 사무실에 발을 들였을
때, 직원들이 순간 하던 일을 멈추고 내 쪽을 돌아보던 기
억이 났다. 전철을 탈 때도 안에 있던 사람들이 놀란 얼굴
로 내 쪽을 쳐다보기 일쑤였다.

창문을 보며 잡지 모델을 할 때처럼 억지 미소를 짓거
나 새침한 표정을 지어보았다. 그러다가 자연스럽게 내 얼
굴을 향해 휴대폰의 카메라 버튼을 눌렀다. 적당히 흐릿한
사진이 찍혔다.

"기출문제 좀 구해줄래? 동생 사진이랑 거래하자."

나는 야마모토 간타에게 휴대폰으로 메일을 보냈다.
남자와 메일을 주고받는 것은 오랜만이었다. 중학생 때는
메일이 하도 많이 와서 몇 번이고 메일 주소를 바꿔야 했
다. 지금 내 메일 주소를 아는 친구는 마쓰시로와 쓰치다뿐
이다. 잠시 후 야마모토 간타에게서 답장이 왔다.

"무슨 수를 써서라도 구하겠습니다."

야마모토의 일 처리는 신속했다. 나와 마쓰시로, 쓰치
다와는 달리 그는 반에 친구가 많았다. 메일을 보낸 다음
날 아침, 야마모토는 일찌감치 전 과목의 기출문제 사본을

모아왔다. 내가 등교하자마자 문제지를 들이밀더니 맹렬한 기세로 고우메의 사진을 달라고 졸라댔다.

그날, 야마모토 간타는 하루에도 몇 번씩 휴대폰을 꺼내 들고 화면을 보면서 한숨을 내쉬었다. 나는 무의식중에 연필을 부러질 듯 움켜쥐고 내가 미쳤지, 내가 미쳤어, 하고 후회했다. 하지만 기출문제를 구했다는 말에 마쓰시로와 쓰치다가 기뻐하는 모습을 보니 잘됐다 싶어서 그만 잊어버리기로 했다.

학교 수업이 끝난 뒤에 야마모토 간타의 휴대폰을 들여다본 남자애가 갑자기 호들갑을 떨기 시작했다. 나는 관심 없는 체하며 그들의 대화에 귀를 기울였다.

"누구야? 이 여자애는?!"

반 남자애들이 그의 휴대폰 주위로 몰려들었다. 아무래도 어제 찍은 그 사진을 배경 화면으로 설정해 놓은 듯했다. 순간 두통이 일었다. 야마모토의 휴대폰으로 전화나 메일이 올 때마다 화면에 내 사진이 뜬다니.

"바른대로 말해! 대체 이 여자애랑 무슨 관계냐고!"

남자애들이 야마모토 간타의 멱살을 움켜쥐며 물었다. 다들 야마모토보다 키가 컸기 때문에 그는 마치 어른들에게 둘러싸인 초등학생 같았다. 당황한 그가 몸부림을 쳤지만, 친구들은 놔주지 않았다. 그러는 사이 야마모토 간타의 휴대폰은 다른 남자애들 손에 차례차례 넘어갔다. 그들은 하나같이 놀라움을 감추지 못하며 멋대로 내 사진을 자신들의 휴대폰으로 전송하고 있었다.

"알아서 뭐 하게? 그냥 지나가다 본 애야!"

야마모토 간타는 절박한 표정으로 자신의 휴대폰을 낚아챘다.

"거짓말! 이렇게 예쁜 애를 지나가다 봤다고?"

"설령 지나갔다 쳐도 어떻게 사진을 찍겠냐!"

"이야, 그건 그렇고 웃는 거 진짜 귀엽다!"

"얘한테 비하면 레서판다는 맹수다, 맹수!"

그들은 넋이 나간 듯 사진을 보다가 급기야 야마모토 간타를 들어 올려 가마를 태우더니 으쌰, 으쌰 하고 외치며 무슨 축제라도 하듯 부산을 떨었다.

절대 이 교실에서 맨얼굴을 보여선 안 돼. 나는 그 어느 때보다 굳게 결심했다.

2학기 중간고사는 3일 동안 치러지는데 그중 수학 시험은 마지막 날이었다. 야마모토 간타는 다른 과목은 안중에도 없는 듯했다. 물론 나는 다른 과목도 중요했기 때문에 마쓰시로, 쓰치다와 함께 시험공부를 했다. 덕분에 첫째 날도, 둘째 날도 무사히 시험을 치렀다.

시험 마지막 날 아침은 쌀쌀했다. 해가 뜬 동안은 따뜻했지만, 아침에는 하얗게 입김이 나올 정도로 기온이 낮았다. 슬슬 외투가 필요한 시기였다. 무난한 디자인에 입으면 모습을 감출 수 있는 《해리 포터》의 투명 망토 같은 외투가 있으면 좋겠다고 생각하며 집을 나섰다.

1교시는 수학 시험이었다. 나는 두 친구와 대화를 나누며 초조함을 달랬다. "어제 공부 많이 했어?" 하고 묻는 쓰치다에게 "하나도 못 했어"라고 소심하게 대답했다.

시험 시작 직전에서야 겨우 등교한 야마모토 간타가 내 자리로 다가왔다. 안경과 앞머리 너머로 야마모토를 바라봤다. 잠을 많이 못 잔 듯 피곤한 얼굴이었다. 그는 가방에서 커다란 잡지를 하나 꺼냈다. 표지가 눈에 익었다.

"아르바이트하는 데서 여자 선배에게 고우메 씨 사진을 보여줬더니 뭔가 낯이 익다 하더라고. 그러면서 책장에서 이 잡지를 꺼내주더라."

그가 꺼내 보인 것은 초등학생 여자애들이 보는 패션 잡지였다. 거기에는 중학생쯤으로 보이는 모델 사진이 실려 있었다. 보통 어린이 패션 잡지는 독자보다 나이가 조금 더 많은 모델을 기용한다.

야마모토 간타가 인덱스를 붙여둔 페이지를 펼치자 빼빼 마른 여자아이의 사진이 나타났다. 스타일리스트가 고른 옷을 입고 미리 설치된 세트장에서 유유자적하는 척하거나 특정 자세를 취하며 찍은 사진이었다. 다른 모델보다 할당된 지면이 많았다. 우리 집에서도 보관하고 있는 잡지였다. 촬영 당시의 상황도 기억하고 있었다.

"활동한 건 2, 3년 정도였다던데. 인기가 막 올라가려는데 바로 활동을 중단하더니 사무실도 그만뒀다고 들었어. 프로필은 거의 알려진 게 없고, 지금 어디서 뭘 하고 있는지도 모른다고."

"……잘도 찾아냈네, 이런 걸."

그저 다른 사람을 도와줄 생각으로 잡지 모델이 된 것은 초등학생 때였다. 그때 지었던 활동명이 고우메였다. 엄마가 자주 먹던 사탕 이름에서 따온 것이다. 고깃집에서 그가 내 이름을 물었을 때, 엉겁결에 예전 활동명을 입에 올렸다. 모델 일을 할 때처럼 맨얼굴을 드러내고 억지 미소를 지은 까닭인지도 모른다.

선생님이 교실에 들어오자 야마모토 간타는 잡지를 가방에 집어넣었다.

"알지? 70점 넘기면, 약속했다."

시험지가 배부되기 시작했고, 얼마 후 교실은 쥐 죽은 듯 조용해졌다. 시험지는 책상 위에 뒷면이 위로 오도록 놓였다. 선생님이 손목시계를 보면서 신호를 주자 아이들은 일제히 시험지를 뒤집어 수학 문제를 풀기 시작했다.

화장으로 얼굴을 감추면 사람들이 흘끔거리지 않아서 마음은 편했지만, 남자들의 태도는 미묘하게 달라졌다. 예를 들면 편의점에서 과자를 살 때도 남자 점원의 태도에서 무뚝뚝함이 느껴졌다. 여러 가게에서 냉대를 받은 후에야 지금까지 내가 외모로 득을 봐왔다는 사실을 깨달았다. 물건을 떨어뜨리면 주워주고, 곤란한 일이 생기면 꼭 누군가 나서서 도와줬다. 나도 모르는 사이에 그런 대접에 익숙해져 있었다.

남자를 불신하게 된 계기는 중학생 때 알게 된 선배 때문이다. 그는 잘생긴 외모에 성적도 좋은 데다 체육대회에서도 맹활약하는 등 우리 학교 여자애들의 동경의 대상이었다. 내가 선배와 안면을 튼 것은 우리가 그린 그림이 나란히 시청에서 수여하는 표창을 받게 되면서부터였다. 그 후로 우리는 서로 마주치면 인사했고, 곧 메일도 주고받는 사이가 되었다. 그는 내 앞에서 늘 친절했다.

중학교 2학년 때, 하루는 수수해 보이게 화장을 하고

밖으로 나왔는데 맞은편에서 걸어오는 선배를 발견했다. 그 무렵에는 이미 화장이 능숙해져 티 나지 않게 이미지를 바꿀 수 있었다. 선배가 나를 알아보는지 시험해 보고 싶은 마음이 들어 앞에서 걸어오는 그를 물끄러미 쳐다봤다. 그러자 선배는 나를 지나치며 이렇게 말했다.

"비켜, 못생긴 게."

선배는 평소 그런 말을 입에 담을 만한 사람처럼 보이지 않았다. 그가 지나간 후에도 나는 정체를 알 수 없는 두려움에 한동안 말이 나오지 않았다. 못생겼다는 말 때문에 충격을 받은 게 아니라 선배가 그런 일면을 감추고 있었다는 사실이 무서웠다. 그날 이후 선배에게 메일이 와도 답장할 수가 없었고, 고백을 받았을 때도 거절했다. 돌이켜 생각해 보면 당시 나는 선배가 막 좋아지기 시작했던 것 같다. 그래서 필요 이상으로 깊게 상처를 받은 것이 아니었나 싶다.

그때부터 화장한 얼굴로 외출하는 빈도가 늘었다. 눈에 띄지 않기 위해서라기보다 눈에 띄지 않아야 한다는 절박함이 마음 한구석에 자리했다. 나는 화장으로 얼굴을 가리고 맨얼굴일 때는 보지 못했던 것들을 관찰했다. 용모가 평범해지면 타인의 표정이나 태도가 확연히 달라진다. 사람은 보통 상대에 따라 여러 개의 가면을 바꿔 쓰며 살아간다. 나는 사람들이 어떤 가면을 쓰고 있는지 궁금했다. 인간이라는 존재를 믿지 못하게 된 것이다.

"다들 너에게는 본심을 숨기고 있어."

이사를 앞둔 나에게 절친이 한 말이다.

"널 좋아하는 사람은 없어. 너한테 접근하는 사람은 네 얼굴이 좋은 거지, 너라는 사람한테는 요만큼도 관심이 없다니까."

친구의 말은 저주가 되어 내 삶을 옭아맸다.

선생님의 신호를 마지막으로 수학 시험이 끝났다. 방과 후 집에 돌아갈 채비를 마치고 학교 건물을 나오는데 터벅터벅 걷고 있는 야마모토 간타가 보였다.

"시험은 잘 봤어?"

그는 천천히 고개를 들어 나를 돌아봤다.

"이젠 됐어. 나름대로 노력했으니까. 고마웠어, 유즈키. 결과가 어떻든 즐거웠어."

"즐거웠다고?"

"너하고도 친해졌고."

"우리가? 언제?"

"너, 진짜 친해지기 힘든 애구나."

그는 후련해 보였다. 나는 그의 옆얼굴을 유심히 들여다보았다. 보는 사람까지 기분 좋아지게 하는 표정이었다. 이제 이 남자애가 공부 때문에 내 자리까지 찾아오는 일은 없을 것이다. 그렇게 생각하니 조금 섭섭한 기분이 들었다.

"아아, 고우메 씨 만나고 싶었는데!"

야마모토 간타가 하늘을 향해 소리쳤다.

며칠 뒤 시험 결과가 나오고, 우리는 놀라지 않을 수 없었다. 반 애들 모두 할 말을 잃었다. 고우메를 향한 야마모토의 집념이 기적을 일으킨 것이다.

$$3$$

찬 바람이 불고 가로수에서는 나뭇잎이 떨어졌다. 역 앞을 오가는 많은 이들이 바짝 마른 낙엽을 밟으며 걷고 있었다. 이 역은 신칸센이나 특별 급행열차는 서지 않지만, 쾌속 전철이 정차한다. 도쿄에서 한참 떨어진 지방 도시치고는 그나마 빌딩이 가장 밀집한 곳이다. 나는 역 앞 터미

널에서 치근덕대는 남자들을 몇 번이나 돌려보내며 야마모토 간타가 오기를 기다렸다.

수학 시험에서 71점을 받은 야마모토 간타는 학교에서 마주칠 때마다 답안지를 펄럭이며 천하를 얻은 표정으로 "약속은 지켜라!" 하고 말했다.

"있잖아, 유즈키. 내가 고우메 씨랑 단둘이 데이트를 하겠다는 건 아냐. 갑자기 그러면 아무래도 부담스럽잖아. 처음 보는 거니까 신중하게 가자고. 언니인 네가 같이 와서 셋이 한 시간 정도 만나는 게 어때?"

어금니를 꽉 깨물며 두 번째 만남은 절대 없다고 다짐하면서도 결국에는 일요일에 야마모토 간타와 고우메를 만나게 해주기로 했다.

역 앞 광장에는 기묘한 형태의 시계탑이 서 있었다. 커다란 시계의 숫자 판 바늘이 오후 2시를 가리키자 시계탑 속에서 작은 인형이 튀어나왔고 동시에 익살맞은 음악이 울리기 시작했다. 만나기로 한 시각이었다.

"와아!" 하고 어린애가 감탄하는 소리가 들렸다. 뒤돌아보니 저만치서 키가 내 허리까지밖에 오지 않는 남자아이가 장식물을 올려다보고 있었다. 놀랍게도 그 아이는 야마모토 간타의 손을 잡고 있었다.

야마모토 간타는 나를 알아보고 "아……" 하는 소리를 내더니 이내 의아한 표정을 지었다. 약속 장소에는 고우메, 그러니까 내 동생밖에 없었기 때문이다.

오늘은 평소에 하던 화장을 하지 않았다. 콘택트렌즈를 끼고 몸에 잘 맞는 옷을 입고, 머리 모양도 자연스럽게 보이도록 매만졌다. 집을 나와 역 앞에 도착할 때까지 상당히 거북했다. 버스 안에서나 거리에서나 사람들의 시선이 집중되는 것을 느꼈기 때문이다.

"아, 안녕하세요……. 야마모토 씨죠?"

긴장으로 얼어붙어 있는 야마모토 간타에게 내가 먼저 말을 걸었다. 예전 잡지 모델 시절을 떠올리며 얼굴에 철판을 깔고 애교 섞인 목소리를 내려고 애썼다.

"아, 유즈키 씨는?"

야마모토 간타가 머뭇거리면서 입을 뗐다. 늘 반말을 해놓고 오늘따라 '유즈키 씨'라니.

"언니는 감기 때문에 누워 있어요."

언니와 함께 와도 좋다는 기특한 말을 들었다고 해도 동시에 등장할 수는 없는 노릇이었다.

"그런데 그 아이는?"

"제 동생 신페이예요. 부모님이 동생 좀 보라고 해서."

야마모토 간타는 남자아이의 머리에 손바닥을 올렸다. 어깨에 어린이용 가방을 멘 신페이는 귀여운 꼬마였다. 우리 둘의 허리까지 오는 키에, 신발도 손바닥만 한 크기였다. 맞벌이로 바쁜 부모님을 대신해 동생을 가끔 돌봐주고 있다고 했다.

"저, 기억하시나요?"

"고깃집에서 일하고 계셨죠? 그날 이후로 언니한테 얘기 많이 들었어요."

"아, 어떤 얘기요?"

나는 계속 생글거리면서 말했다.

"오늘은 감사해요. 안 그래도 전자 기기는 잘 몰라서 어떤 아이팟을 사야 할지 고민 중이었거든요."

"아, 궁금해서 그러는데 유즈키 씨가 무슨 말을 했는지……."

우리는 역 앞 대형 가전 판매장으로 향했다. 건물 안으로 들어가 에스컬레이터를 타고 음향 기기가 진열된 매장에 도착하자 야마모토 간타는 나에게 신페이를 맡기더니 혼자 화장실에 가버렸다.

나는 네 살짜리 남자아이의 손을 잡고 여러 종류의 아이팟을 구경했다. 신페이는 작은 기계들이 신기한지 뭔가 재미있는 것을 보면 "누나! 이거!"라고 외치며 손가락으로 가리켰다. 형제가 둘 다 목소리도 크고 활기차서 좋아 보였다.

잠시 후 내 휴대폰이 울렸다. 액정에 뜬 이름은 화장실에 있어야 할 야마모토 간타였다.

"여보세요?"

"유즈키?"

야마모토의 목소리는 어딘가 언짢은 듯했다.

"응."

"하고 싶은 말이 두 가지 있어! 우선 첫째! 왜 하필 오늘 같은 날 감기에 걸린 거야!"

화장실에 간다는 것은 거짓말이었다. 그는 가스가이 유즈키에게 전화를 걸기 위해 자리를 피한 것이었다. 내가 지금 야마모토가 있는 가전 매장에 와 있고, 휴대폰을 들지 않은 손에는 신페이의 손을 잡고 있다는 사실을 그는 꿈에도 모르고 있었다.

"내가 없어야 동생이랑 얘기할 기회가 더 많아지지."

감기 기운이 있는 척하려고 휴대폰에 대고 몇 번 콜록거렸다. 마침 신페이가 날 보고 있어서 방긋 웃어주었다.

"너한테 동생을 맡기고 고우메 씨랑 시간 좀 보내려고 했더니만. 신페이도 그래서 데려온 건데."

"그런 영악한 생각을 했다니……."

그때 신페이가 옆에 전시되어 있던 스테레오를 만지작거리다가 음량을 확 올려버렸다. 나는 황급히 스테레오의 음량을 낮췄다.

"음악을 꽤 크게 듣는구나."

수화기 너머로 음악 소리가 들린 모양이었다.

"또 하려던 말은 뭐야?"

"감기, 빨리 나으라고!"

전화는 일방적으로 끊겼고, 몇 분 후 야마모토 간타가 돌아왔다. 나는 계속 아이팟을 둘러본 척하다가 그와 합류했다.

야마모토 간타는 동생인 신페이를 보며 말했다.

"얌전히 있었어?"

"누나가 콜록콜록했어!"

신페이가 나를 가리키며 말했다.

"감기 걸리신 거 아닌가요? 유즈키가 고우메 씨한테도 감기를 옮겼나 봐요……."

나는 식은땀을 흘리며 일부러 한 번 더 기침했다. 그때 옆에 있는 스테레오를 쳐다보며 야마모토 간타가 고개를 갸웃했다.

"이 노래, 유행인가요?"

"그러고 보니 언니도 이 CD 갖고 있던데……."

"흠, 의외네."

"……."

스테레오에서는 힙합 계열의 곡이 흘러나오고 있었다. 춤추는 흑인 남성을 연상시키는 리듬이었다.

그 후 다행히 정체를 들킬 만한 일은 벌어지지 않았고 나는 야마모토의 설명을 들으며 무사히 아이팟을 샀다. 가전 판매장을 나오자 신페이가 피곤하다고 해서 우리는 맥도날드에 들어갔다.

신페이와 마주 보고 탁자에 앉아 있으니 야마모토 간타가 쟁반에 놓인 주스와 감자튀김을 가져다주었다. 넓은 매장의 커다란 창문을 통해 기분 좋은 햇살이 내리쬐고 있었다. 주스를 마시면서 나는 잡지 모델 시절의 이야기나 언니인 유즈키에 관해 말해주었다.

머지않아 야마모토 간타가 헛기침을 하더니 본론을 꺼냈다.

"저, 그런데 혹시 고우메 씨는 사귀는 사람이 있나요?"

옆에서 신페이가 주스를 다 마셨는지 빨대로 이상한 소리를 냈다. 나는 드디어 올 게 왔구나 싶었다.

"사귀는 사람은 없지만, 야마모토 씨와 사귈 생각은 없어요."

야마모토 간타가 과장된 몸짓으로 손사래를 쳤다.

"당연하죠. 저도 그런 분에 넘치는 일은 바라지 않아요."

예상 밖의 반응이 돌아왔다.

"네? 아니, 분명히!"

"말도 안 돼요! 설마 이렇게 예쁜 분과 제가 사귀다니요! 하지만 대신에 부탁이 있어요."

야마모토 간타가 진지한 표정으로 말했다.

"실은 반년 전부터 난처한 일을 겪고 있어요……. 지난 봄쯤에 중학교 때 알던 애를 우연히 마주쳤거든요. 제 키를 비웃는 기분 나쁜 놈인데, 그 녀석이 여자 친구랑 사티를 돌아다니고 있더라고요……."

도쿄 근교에 사는 고등학생이라면 데이트 장소는 무조건 도쿄 시내겠지만, 우리 동네에서는 사티에서 노는 게 정설이다. 영화관과 볼링장까지 갖춘 대형 쇼핑몰이라 일요일에는 특히 데이트 중인 커플들이 눈에 많이 띈다.

중학생 때의 지인은 야마모토 간타를 알아보고 자신의 여자 친구를 소개했다고 한다. 그러고는 "넌 여자 친구 없지?"라고 빈정대기에 야마모토도 발끈해서 엉겁결에 거짓말을 했다는 것이다. "내가 여자 친구가 왜 없어?"라고. 그 때부터 거짓말은 눈덩이처럼 불어났다. "그럼, 보여줘 봐" 하고 추궁하는 지인과 "바빠서 안 돼"라고 회피하는 야마 모토의 대치 상황이 몇 달째 이어진 것이다.

"어디서나 있을 법한 애송이들 얘기예요."

야마모토는 한숨을 쉬며 고개를 가로저었다.

"어째서 그런 쓸데없는 거짓말을……."

"여자 친구가 없는 게 창피했던 건 아니에요. 핵심을 말하자면 이거예요. 저는 그저 그 녀석한테 화가 났어요. 저처럼 키가 작은 애한테 여자 친구가 생길 리 없다면서 사 람을 깔보는 그 시선! 생각만 해도 화가 치밀어요! 그래서 저도 모르게 거짓말을 했던 거예요."

"작은 키를 운운하는 건 피해망상……."

"지난 반년 동안 그 녀석이 한 달에 한 번씩 전화를 걸 어왔어요. 인제 그만 거짓말을 인정하라고요. 그런데 저는 도저히 인정하고 싶지 않아요. 억울해서."

"인정하셔야죠! 어린애도 아니고."

"그래서 고우메 씨한테 부탁이 있는데요. 하루만 제 여 자 친구인 척하고 그 녀석을 만나주시면 안 될까요? 그러 면 그 녀석도 인정할 거고, 저도 더는 거짓말하지 않아도 되거든요."

처음 듣는 얘기라 사실인지는 알 수 없었지만, 어쩌면 그 짧은 기간 동안 줄기차게 여러 여자에게 고백을 하고 다닌 것도 이런 연유 때문일지도 몰랐다. 하지만 그의 말이 사실이라고 해도 그런 일에 가담하고 싶지는 않았다.

"솔직하게 털어놓고 사과하는 게 좋을 것 같아요. 다 거짓말이었다고요. 그렇게 하세요."

야마모토 간타는 체념한 얼굴로 나를 바라봤다.

"……역시, 그래야 할까요? 그게 나을까요?"

"물론이죠. 그게 나아요."

신페이가 배낭 속에서 색종이를 꺼내 내밀었다.

"누나, 표창 접어줘!"

보석 같은 눈동자였다. 하지만 나는 표창을 접을 줄 몰랐다.

"그러면 누나가 곤란하지!"

그렇게 말하며 옆에 있던 야마모토 간타가 종이를 가져가더니 솜씨 좋게 표창을 접었다. 신페이는 신이 나서 이번엔 공룡을 만들어 달라고 졸랐다. 그는 남동생이 해달라는 대로 공룡을 접어주다가 점점 본인이 종이접기에 빠져들더니 급기야 동생이 말하지도 않은 학이며 코끼리며 호

빵맨까지 접었다. 내가 눈앞에 있다는 것도 까맣게 잊은 채 그는 20분 내내 동생이랑만 대화를 나눴다.

마침내 야마모토 간타가 테이블 위에 늘어선 종이 동물들을 바라보며 흡족한 표정을 지었다. 그러다가 나와 눈이 마주쳤다.

"아, 맞다……."

나 여자랑 같이 있었지! 하는 표정이었다. 그는 서둘러 사과했다.

"사람을 앞에 두고 딴짓만 하다니, 죄송해요."

나는 고개를 숙인 채 웃음을 참았다. 딱히 화가 나지도 않았고, 되려 종이접기를 하며 노는 두 사람을 바라보는 것이 즐거웠다.

맥도날드를 나와 야마모토 형제와 헤어졌다. 버스를 타고 집 근처 주택가로 돌아올 때까지도 오늘 일이 떠올라 나도 모르게 웃음이 나올 것 같았다.

하지만 집에 도착해 혼자 있으니 급격히 외로움이 밀려왔다.

중학생 시절, 늘 의지하던 친구가 있었다. 침착하고 느긋한 분위기를 풍기는 소녀였다. 그의 옆에 있으면 양지바른 곳을 찾은 고양이처럼 내 마음도 평온해졌다.

우리 둘이 거리를 걷고 있으면 자주 남자애들이 말을 걸어왔다. 그들은 노골적으로 나하고만 얘기를 하려고 했고, 그럴 때마다 친구는 멀뚱히 서 있었다.

학교에서도 비슷했다. 나와 친구가 이야기하고 있으면 남자애가 다가와서 대화에 끼어들었다. 곧이어 남자애들이 하나둘씩 늘어나 나를 에워쌌고, 정신을 차려보면 친구는 무리에서 소외되어 있었다.

중학교 3학년 3학기에 이사를 하게 된 나는 방과 후 교실에서 친구에게 마지막 작별 인사를 했다. 나란히 줄지어 있는 책상이 창문으로 들어오는 석양빛을 반사하고 있었다. 교실에는 우리 둘뿐이었고, 운동장에서 연습 중인 운동부의 구령 소리가 희미하게 들려왔다.

"이제 마지막이니까 하는 말인데, 실은 네가 정말 싫었어. 늘 네가 죽었으면 좋겠다고 생각했어."

친구의 목소리는 담담했다. 노을이 그의 얼굴에 그림자를 드리우고 내 교복을 붉게 물들였다. 나는 무서워서 미동조차 할 수 없었다. 친구와 헤어져야 한다는 슬픔에 눈물까지 글썽이며 "언젠가 다시 만나자"라고 말하자 그런 대답이 돌아온 것이다.

"네 옆에서 얼마나 비참했는지 알아? 왜 하필 나한테 붙은 거야? 네가 내 속을 알아? 하긴 네가 보통 사람의 인생을 무슨 수로 알겠니."

자리에 못 박힌 듯 서 있는 나를 보며 그 아이가 코웃음을 쳤다.

"널 싫어하는 여자애는 나뿐만이 아니야. 다들 너에게는 본심을 숨기고 있어. 널 좋아하는 사람은 없어. 너한테 접근하는 사람은 네 얼굴이 좋은 거지, 너라는 사람한테는 요만큼도 관심이 없다니까. 앞으로 넌 평생 친구도 제대로 못 사귀고 외톨이로 지낼 거야. 잘 가, 두 번 다시 이 동네에 발 들이지 말고."

그때 복도에서 킥킥거리는 웃음소리가 들려왔다. 언제부터였는지 같은 반 여자애들이 교실 입구와 창문 틈으로 우리를 엿보고 있었다. 그 애는 교실을 나가자마자 다른 애들과 함께 웃으며 사라졌다. 웃음소리가 멀어지고 다시 고요해진 교실에 나는 홀로 남아 있었다. 하늘도 점차 어두워지더니 이내 교실 전체가 바다 밑바닥에 가라앉은 듯 암흑에 휩싸였다. 그로부터 2년 가까이 지났지만, 나는 아직도 그 교실에서 빠져나오지 못하고 있다.

조회를 앞둔 교실에서 나는 책상에 턱을 괴고 자리에 앉아 있었다. 때마침 지나가던 남자애들이 예쁜 여자애들 틈에 섞여 신나게 떠들기 시작했다. 못난이 화장 한 번이면 나에게 말을 걸어오는 남자는 사라진다. 덕분에 이제는 여자애들에게 질투나 반감을 사는 일도 없다. 가만히 앉아서 중학생 때 절친에게 들은 말을 곱씹고 있는데 쓰치다가 다가왔다.

"무슨 일 있어?"

쓰치다가 딴 곳을 쳐다보며 말을 걸었다. 풍만한 체형 탓에 책상과 책상 사이가 비좁아 보였다. 쓰치다는 칠판 쪽을 보고 있었다. 우리는 서로의 눈을 보는 일이 별로 없다. 누군가가 쳐다보면 불안해지면서 이상행동을 보이기 때문이다. 나는 화장을 들키지 않으려다 보니 남의 시선을 피하게 되었고, 마쓰시로와 쓰치다는 언제부턴가 그런 성격이 됐다고 한다.

"뭐 좀 생각하느라……."

"고민이 있을 때는 뭔가를 휘둘러 봐."

"휘둘러? 야구 같은 거?"

쓰치다는 평소에 울적한 일이 있으면 한밤중 제방에 나가 "야아아아앗!" 하고 소리를 지르며 금속 배트를 휘두른다고 했다. 그러고 나면 땀이 나면서 기분이 한결 상쾌해진다는 것이다.

"누가 보면 이상한 사람으로 오해할 텐데?"

"응, 한 번. 신고 들어온 적 있어."

쓰치다가 파출소에 끌려가 고개 숙이고 있는 모습을 상상했다. 이래서야 남자들이 좋아할 리가 없다. 아무리 생각해도 무리다. 하지만 나는 그런 쓰치다를 좋아한다.

마쓰시로도 내가 정말 좋아하는 친구다. 마쓰시로는 점이나 미신을 좋아하는데 근처 신사에서 10년에 한 번 발행한다는 이상한 옛날 화폐를 사 와 우리에게 한 장씩 나눠주었다. 그의 말로는 방에 붙여놓기만 해도 복이 들어온단다. 마쓰시로도 역시 남자가 좋아할 만한 타입은 아니다.

고등학교 1학년 때만 해도 나는 친구가 없었다. 교실에서 말 섞는 사람 하나 없이 못난이 화장을 한 채 장식물처럼 가만히 있었다. 이사 가기 직전, 친한 친구에게 들은 말이 트라우마로 남은 탓에 1년이나 위축돼 있었다.

2학년에 올라가, 같은 반에서 마쓰시로와 쓰치다를 만나고 나서야 비로소 매일을 즐길 수 있었다. 두 사람과는 외모나 남자에 관한 이야기를 하지 않았다. 셋 다 그런 주제를 피했던 것 같다. 남자들의 관심을 끌지 못하는 외모와 희미한 존재감이 우리를 묶어주는 끈이었다. 한마디로 낙엽 더미 위에 내려앉은 먼지 같은 애들만 모인 셈이다.

그러니 두 사람에게 맨얼굴을 들킬 수는 없었다. 지금 내 얼굴이 그저 화장에 불과한, 둘 사이에 끼고 싶어서 거짓으로 연출한 얼굴이라는 것이 밝혀지면 돈독했던 우리 사이는 분명 서먹해질 것이다. 이제 더는 친구들에게 미움받고 싶지 않았다.

야마모토 간타가 등교하기 무섭게 다른 남자애들과 장난을 치며 까불기 시작했다.

"너 어제 역 앞에서 여자애랑 있었지? 그것도 엄청 귀여운 애랑. 다른 반 애가 봤다던데?"

"시끄러워. 뭘 캐묻냐?"

그런 대화가 들려왔다. 그때 느닷없이 한 남자애가 야마모토 간타의 머리를 퍽 하고 때리자 잡기 놀이가 시작되었다. 익숙한 풍경이다. 하지만 몇 달 전과 달리 이제는 내가 야마모토 간타를 눈으로 좇고 있다는 점이 다르다. 팔을 휘두르며 달려가는 그를 두꺼운 렌즈와 이마를 덮은 앞머리 너머로 바라보다가 돌연 눈이 마주쳤다. 나는 재빨리 시선을 돌리고 책상만 뚫어지게 쳐다봤다.

점심시간에 화장을 고치려고 화장실에 가는데 야마모

토 간타가 말을 걸어왔다.

"감기는 좀 나아졌어?"

"응, 뭐."

"고우메 씨가 나에 대해 별말 안 했어?"

"안 했어."

"고우메 씨한테 하루만 내 여자 친구가 돼달라고 부탁했거든. 거절당했지만."

"그 얘기는 하더라."

"고우메 씨가 그 일로 불쾌해했다면 네가 대신 사과 좀 해줘."

"이 여자, 저 여자한테 고백하고 다닌 게 지인한테 소개하기 위해서였어?"

"뭐, 그런 셈이지……."

"누구라도 상관없었던 거네."

"아, 고우메 씨는……."

"됐어, 그만해. 맨날 고우메, 고우메. 바보같이……."

엉겁결에 쏘아붙이자 그는 당황했는지 입을 다물었다. 나는 고개를 숙이고 도망치듯 자리를 피했다.

화장실 변기 칸에 들어가서 안경을 벗고 주머니에서 거울을 꺼냈다. 볼 안쪽에 끼워 넣은 탈지면을 꺼내자 맨얼굴에 가까워졌다.

어제 야마모토 형제와 막 헤어졌을 때만 해도 기분이 좋았다. 그렇게 즐겁게 시간을 보낼 줄은 몰랐다. 하지만 집에 돌아오고 나서부터 급격히 마음이 답답해졌다.

화장으로 맨얼굴을 가린 뒤로는 이전에는 보지 못했던 것들을 보게 되었다. 그리고 배웠다. 타인을 믿지 마라. 늘 의심해라. 인간이 항상 본심을 내보인다는 보장은 없다. 섣불리 믿었다가는 언젠가 배신당하는 쓰라린 경험을 할 뿐이다. 사람은 상대의 외모에 따라 태도를 바꾼다. 맨얼굴일 때와 못난이 화장을 했을 때, 달라지는 주변의 태도를 볼 때마다 내 확신은 굳어졌다.

특히 남자들이 그렇다. 맨얼굴일 때 다가오는 남자들은 하나같이 무슨 꿍꿍이가 있어 보인다. 내가 결벽이 너무 심한 걸까. 덕분에 남자 친구 한번 사귀어 보지 못한 채 지금에 이르렀다. 이젠 내가 누군가와 연애를 한다는 것조차 상상할 수 없을 정도다.

사실 야마모토 간타도 치사하기는 마찬가지다. 야마모토는 고우메의 얼굴이 마음에 든다는 이유로 가짜 애인 행세를 시키려고 했다. 더욱이 다른 여자가 아닌 고우메에게 부탁한 것도 지인보다 예쁜 여자 친구가 있음을 자랑하고 싫었기 때문이겠지. 남보다 우위에 서서 앙갚음을 해주겠다는 의도가 있는 것이다. 어젯밤부터 이런 생각이 끊임없이 머릿속을 맴돌아 마음이 울적했다.

하지만 그것과는 별개로 그의 입에서 고우메라는 이름이 나오면 왠지 모르게 화부터 난다. 다른 사람이 고우메에 대해 이야기했다고 해서 아까처럼 쏘아붙이지는 않을 것 같다. 야마모토 간타가 한껏 들떠서는 연신 고우메, 고우메, 하는 것을 참을 수 없었다. 도대체 이유가 뭘까 하고 마음속으로 중얼거렸다.

그러자 갑자기 거울 속 고우메가 말을 걸어왔다.

"아직도 네 마음을 모르겠어? 아니면 모르는 척하는 거야? 넌 그 친구를……"

다 듣기도 전에 손거울을 접었다. 그만해, 이런 장난. 나는 영화 〈스파이더맨〉에서 비슷한 장면이 나왔던 것을 떠올렸다.

그날 이후 야마모토 간타와의 관계는 급속히 소원해졌다. 내가 화를 참지 못하고 거칠게 쏘아붙인 탓이다. 교실에서 그가 나에게 다가왔던 것은 고깃집에서 우연히 만난 고우메 때문이다. 고우메라는 존재가 우리 사이를 아슬아슬하게 이어주고 있었다. 그러니 고우메 얘기를 꺼내지 말라고 한 이상, 그가 나에게 말을 걸 이유는 없다. 어차피 계속 남자와는 연이 없는 수수한 그룹의 일원으로 있으려면 야마모토와는 말을 섞지 않는 게 낫다.

교실이나 복도에서 그와 마주칠 때마다 어떻게 말을 걸어야 할지도 몰랐다. 어색한 분위기만 남긴 채 빠른 걸음으로 그의 시야에서 벗어난 적이 한두 번이 아니다. 앞으로 평생 야마모토 간타와 그의 동생을 데리고 맥도날드에 갈 일도 없을 것이다. 그렇게 생각하니 더 서글퍼졌다.

어느 날 저녁, 창문에 비친 내 얼굴을 보다가 맨얼굴로 야마모토 간타를 만나보고 싶다는 충동이 일었다. 가스가 이 유즈키가 아닌 고우메로 말이다. 우연히 길거리에서 만난 척하면 되겠지만, 그다음에는 어떻게 해야 할까. 나는 고우메가 아니다. 그런 사람은 이 세상 어디에도 없다. 언제까지고 본성을 감춘 채 다른 인격체를 연기할 수는 없다. 분명 한계에 부딪히는 때가 오고, 마음은 피폐해질 것이다. 10년이고, 20년이고 타인을 연기할 수 있는 사람이 있다면 그는 분명 괴물이다.

다행히 야마모토 간타와 말을 섞을 기회가 일주일 뒤에 찾아왔다.

11월 둘째 주 토요일 아침은 청명하고 푸른 하늘로 시작했다. 학교는 쉬는 날이었지만 나는 세면대 앞에서 못난이 화장을 했다. 마쓰시로, 쓰치다와 함께 셋이서 놀기로 했기 때문이다.

30분 정도 버스를 타고 우회 도로에 있는 정류장에 내렸다. 구름이 해를 가리고 있어 하늘을 올려다보니 아니나 다를까 안경 렌즈에 작은 빗방울이 떨어졌다.

우회 도로에는 규모가 큰 교외형 상점이 늘어서 있었다. 그중 유독 큰 건물이 일용품이나 가전 판매장은 물론, 브랜드 숍에 서점, 영화관, 볼링장까지 갖춘 쇼핑몰 사티다. 인접한 다층 주차장에는 쇼핑객들이 몰고 온 승용차가 끊임없이 빨려 들어가고 있었다. 나는 에스컬레이터를 타고 2층으로 올라가 서점에 있는 친구들과 합류했다. 마쓰시로는 사주풀이를, 쓰치다는 뷔페 특집이 실린 잡지를 읽고 있었다. 학교에서 제법 가깝고 버스 정기권을 쓸 수 있다는 이유로 우리는 곧잘 사티에서 만나 한나절을 보내고는 했다.

오늘도 우리 세 사람은 문구류를 구경하거나 잡화를

둘러보며 시간을 보냈다. 사복을 입고 만나도 다들 수수하기는 매한가지였다. 마쓰시로는 여자 화장실에 들어갈 때마다 사람들이 남자인 줄 알고 흠칫 놀랐다. 쓰치다는 의류판매점에 오래 있지 못했다. 점원이 말을 걸어오면 당황해서 아무 말도 하지 못하고, 들고 있던 옷을 두고는 도망치기 일쑤였다. 그들은 마음속에 태어나서 미안하다는 죄책감을 품고 사는 것 같다. 주고받는 대화나 메시지에도 미안하다는 식의 표현이 빈번하게 등장했다. 당연히 옷차림도 사람들 눈에 띄지 않는 수수한 쪽이 더 편한 것이다.

한창 장난감 판매장에서 게임 팩을 구경하고 있는데 뒤쪽에서 한 꼬마가 씩씩하게 외치는 목소리가 들렸다.

"누나!"

목소리가 하도 우렁차서 매장에 있는 사람들이 죄다 돌아볼 정도였다. 공룡 인형을 파는 매대 근처에 야마모토 간타의 네 살짜리 동생이 서 있었다.

"신페이?" 하고 내가 중얼거렸다.

"아는 애야?" 하고 마쓰시로가 물었다.

그는 있는 힘껏 달려와 웃으면서 내게 안겼다. 나는 반가운 마음에 신페이의 겨드랑이를 간지럽히며 "오랜만이네" 하고 말했다. 신페이가 워낙 아무렇지도 않게 아는 척을 해오는 바람에 이 상황이 말도 안 된다는 사실을 인지하지 못했다.

"야, 신페이. 네가 전에 만났던 누나가 아니야. 다른 누나야."

어이가 없다는 말투로 야마모토 간타가 신페이를 뒤쫓아왔다. 오늘도 동생을 돌보고 있는 모양이었다. 그를 보니 도망치고 싶은 마음과 반가운 마음이 동시에 들었다.

신페이는 나를 보며 "정말?" 하는 표정으로 고개를 갸웃했다.

"유즈키, 너 아이 좋아하는구나. 처음 보는 애도 그렇게 잘 받아주는 걸 보니."

오랜만에 얼굴을 마주한 야마모토 간타가 의외라는 듯이 말했다. 그는 여기저기 주머니가 많이 달린 옷을 입고 있었는데, 요요나 휴대용 게임기가 들어 있을 것 같았다.

"아니, 달려와서 안기길래 나도 모르게……."

나는 평정심을 가장하며 신페이를 떼어놨다. 그제야 일주일 전에 만났을 때는 맨얼굴이었다는 사실이 떠올랐다. 고로 지금 나는 신페이를 만난 적이 없는 척을 해야 했다. 얄궂은 상황이었다. 그나저나 못난이 화장을 한 나를 바로 알아본 것은 아이 특유의 직감 때문일까.

"에이, 누나 맞지?"

신페이가 밑에서부터 파고들듯 내 얼굴을 들여다보는 바람에 나는 무심한 척 고개를 돌렸다. 야마모토 간타는 난처한 얼굴로 동생의 머리를 쓰다듬었다.

"잘 봐봐. 전혀 다르잖아. 고우메 씨에게 실례지."

앞머리 사이로 노려보자 야마모토 간타는 시치미를 떼듯 헛기침을 반복했다. 이번에는 내가 말을 걸었다.

"네 동생이야?"

"고우메 씨한테 들었을 거 아냐? 이름은 신페이."

"만나서 반가워, 신페이."

다시 한번 초면인 척 인사를 건넸다. 신페이는 아직도 내가 고우메로 보이는지 어리둥절한 표정이었다.

우리는 장난감 판매장 구석에서 잠시 대화를 나누다가 금방 헤어졌다. 대화라고 해봤자 마쓰시로와 쓰치다에게 인사를 하고, 셋이서 뭐 하고 놀 거냐고 묻는 수준의 지극히 평범한 내용이었다.

"난 볼일이 있어서."

야마모토는 손목시계를 확인하더니 곧장 자리를 떴다. 신페이는 몇 번이나 뒤돌아보며 우리에게 손을 흔들었다. 마쓰시로와 쓰치다도 온화한 표정으로 같이 손을 흔들어주었다. 예전처럼 다시 야마모토 간타와 대화를 주고받게 되어 다행이다 싶었다.

어느 틈엔가 밖에는 비가 세차게 내리고 있었다. 건물 안에서는 빗방울이 떨어지는 소리가 들리지 않았지만, 계단 옆 창문으로 바깥 풍경이 눈에 들어왔다. 우회 도로를 따라 줄지어 늘어선 상점과 간판이 비로 인해 부옇게 보였다. 쇼핑몰 정문 앞에서 점원이 우산 넣는 비닐을 준비하고 있었다. 젖은 어깨로 건물 안에 들어선 손님들은 우산을 접으며 빗물을 털어내느라 바빴다.

지하 1층 식당가에는 양식이나 회전 초밥, 메밀국수를 파는 점포가 들어서 있었다. 우리가 늘 이용하는 곳은 학생 식당처럼 테이블과 의자가 나란히 놓인 푸드 코트다. 아이와 함께 온 부모나 나이가 지긋한 쇼핑객이 둥근 테이블에 앉아 야키소바나 우동을 사 먹었다. 토요일 점심때라 그런지 식당가는 혼잡했다. 평소 같으면 구석진 자리에 앉겠지만, 오늘은 빈 테이블이 몇 군데 없었다. 쓰치다는 우동, 마쓰시로는 아이스크림, 나는 풀빵을 먹고 있는데 우리 옆 테이블에 남자애들 네 명이 자리를 잡고 앉았다. 또래로 보였지만 아는 얼굴은 없었다.

우리 셋은 또래 남자들이 가장 불편하다. 마쓰시로와

쓰치다는 오래전부터 그래왔기 때문에 이럴 때면 바짝 긴장한다. 나는 못난이 화장을 하고부터 태도가 돌변하는 남자들을 목격한 사이에 자연스레 불편해졌다.

푸드 코트는 사람들의 웅성거림과 식기가 부딪히는 소리로 소란스러웠다. 그런 와중에도 옆 테이블의 대화가 귀에 들어온 것은 익숙한 이름이 나왔기 때문이다.

"야마모토 그 자식, 거짓말일 게 뻔해."

한 남자애가 말했다.

나는 빵을 먹으며 조용히 마쓰시로와 쓰치다를 봤다. 두 사람도 들은 눈치였다.

남자애들은 대화를 이어갔다.

"그런데 오늘은 왜 나오겠다고 한 거지? 계속 싫다고 했잖아?"

"이제 슬슬 각오가 됐나 보지. 거짓말이라고 이실직고할 각오가."

갑자기 입에 넣은 빵에서 아무 맛도 느껴지지 않았다. 일주일 전 맥도날드에서 야마모토 간타가 했던 말이 떠올랐다. 사티에서 마주친 중학생 시절 지인에게 거짓말을 했다는 얘기였다.

네 사람은 야마모토 간타가 중학생 때나 지금이나 키

가 똑같다며 비웃다가 어젯밤 본 텔레비전 프로그램으로 화제를 옮겼다.

나는 안경 너머 앞머리 사이로 마쓰시로를 쳐다봤다. 마쓰시로는 검지로 볼을 긁으며 남자애들이 앉은 반대 방향을 쳐다보고 있었다. 쓰치다는 젓가락으로 우동을 먹으면서 난처하다는 듯 나를 흘끔거렸다. 나는 빵 끄트머리를 조금씩 떼어내 입으로 가져갔다.

"슬슬 가자."

네 사람은 자리에서 일어나 에스컬레이터 쪽으로 향했다. 푸드 코트는 셀프서비스라 사용한 식기를 정해진 장소에 반납해야 하는데 그들이 앉았던 테이블 위에는 주스 컵이 그대로 놓여 있었다. 그들 중 한 명이 쓰치다가 앉아 있는 뒤쪽으로 지나가며 말했다.

"비켜, 못생긴 게."

그러고는 의자를 발로 찼다. 쓰치다는 의자를 앞으로 당기며 작은 소리로 죄송하다고 사과했다. 마음이 차갑게 식는 순간이었다. 중학교 시절 그 선배도 나에게 똑같은 말을 했다. 쓰치다는 안색이 파리해져서 빈 그릇의 바닥을 물끄러미 쳐다보고 있었다. 그들이 사라진 후에도 우리 사이에는 무거운 분위기가 흘렀다.

"아까 그 애들, 야마모토 친구인가?"

마쓰시로가 중얼거렸다. 나는 자리에서 일어나 저만치 떨어진 기둥의 그늘진 곳에서 휴대폰을 꺼내 들었다. 야마모토 간타의 전화번호는 알고 있었지만, 메일을 주고받은 적만 있고 통화는 처음이었다.

"어이, 아까는 실례 많았어."

그의 첫마디는 그랬다. 수화기 너머로 시끄러운 전자음이 들렸다. 3층 게임장에 있는 것 같았다.

"아직 신페이랑 같이 있어?"

"너, 목소리는 고우메 씨랑 똑같구나."

나는 야마모토의 지인으로 보이는 남자애들이 바로 옆 자리에서 그에 관해 이러쿵저러쿵 떠들다가 갔다는 말을 전해주었다.

"그 자식들, 이상한 소리 안 했어?"

"네가 거짓말쟁이래. 동생한테 했던 말, 사실이었구나."

"오늘이 여자 친구를 소개하기로 한 날이야. 물론 소개는 못 하지만. 애들한테 거짓말했던 거 사과하려고. 고우메 씨도 솔직하게 사과하라 했고."

"하지만 좀 이상하던데. 네 중학교 친구들."

"친구 아니야. 그냥 아는 애들이지. 자, 이제 슬슬 전화가 올 것 같으니까 이만 끊을게."

"잠깐만."

"유즈키, 이건 너랑 상관없는 일이야."

야마모토가 일방적으로 전화를 끊었다. 다시 걸어봤지만 받을 기미는 보이지 않았다. 나는 하는 수 없이 마쓰시로와 쓰치다가 있는 자리로 돌아왔다.

야마모토에게 사실대로 말하라고 한 사람은 나다. 야마모토 간타는 반성해야 한다. 그가 저지른 일이니 수습 또한 그의 몫이다. 머리로는 알고 있는데 아까 본 남자애들에게 그가 사과하거나 바보 취급을 당하는 것은 싫었다. 이게 다 야마모토 간타랑 친해진 탓이다.

마쓰시로와 쓰치다는 눈썹을 찌푸리고 자못 걱정스러운 눈으로 나를 보고 있었다.

"야마모토가 쓸데없는 거짓말을 했나 봐⋯⋯. 여자 친구가 없는데 있다고 우겨서는⋯⋯."

입으로는 방금 야마모토와 통화한 내용을 친구들에게 설명하면서도 머릿속으로는 다른 생각을 했다. 그를 구할 방법이 하나 있었다.

간단하다. 지금 바로 일어나서 화장을 지우고 3층에 있는 게임장으로 가면 된다. 내가 고우메로 가장하고 연기하는 것이다.

"그러니까, 조금 전까지 옆에 있던 네 사람이 야마모토가 중학생 때부터 알던 애들인 거 같아……."

마쓰시로와 쓰치다에게 뭐라고 둘러대고 가야 할까. "화장실 좀 다녀올게"라고 말하고 화장을 지우고 야마모토 간타 무리가 있는 곳에 간다 치면, 다시 돌아오기까지 얼마나 걸릴까. 게다가 돌아오기 전에 화장도 다시 해야 할 텐데. "할 일이 생각나서 먼저 가볼게"라고 말하고 가버리면 너무 갑작스러울까.

맨얼굴로 야마모토에게 달려가는 나를 마쓰시로나 쓰치다가 목격할 수도 있다. 입은 옷이 똑같으니 내가 화장으로 두 사람을 속여왔다는 사실도 자연스레 탄로 날 수밖에 없다. 그러면 보나 마나 그들도 나를 떠날 것이다. 중학생 때의 절친처럼.

"실은 네가 정말 싫었어. 늘 네가 죽었으면 좋겠다고 생각했어."

그 애가 했던 말이 떠올랐다. 그는 복도에 있던 다른 여자애들과 신나게 수다를 떨면서 멀어져 갔다. 나는 해가 지는 교실에 홀로 남겨졌다. 그런 일이 또 일어날까 봐 두려웠다.

정신을 차려보니 나는 입을 다문 채 가만히 있었다. 야마모토 간타와의 통화 내용을 둘에게 어디까지 설명했는지 기억이 나지 않았다. 갓난아기의 울음소리와 아주머니들의 대화 소리가 들려왔다. 식기가 달그락거리고 진동벨이 울렸다. 주위는 소란스러웠다. 마쓰시로와 쓰치다는 아까와 똑같은 표정으로 나를 보고 있었다. 나는 고개를 떨구고 울고 싶어졌다.

"……야마모토 말이야, 너한테 여자 친구 대역을 부탁하려고 접근한 거지?"

마쓰시로가 말했다.

"요즘 들어 유난히 유즈키한테 말을 많이 건다고 생각했어……."

쓰치다가 고개를 끄덕였다.

"아니야, 내가 아니라 동생한테……."

"동생?"

두 사람이 동시에 말했다.

"시험에서 점수를 잘 받으면 동생을 만나게 해주겠다고 했어. 동생은 얼굴이 예뻐서……."

"그 동생이 유즈키, 너 아냐?"

마쓰시로가 가만히 쳐다보며 물었다. 나는 영문을 몰

라 아무런 대답도 하지 못했다.

두 사람은 눈을 마주치더니 나만 모르는 무언의 대화를 나눴다. 쓰치다가 앉은 자세를 고치고는 조심스럽게 입을 열었다.

"이미 알고 있었어. 너 화장하는 거."

마쓰시로가 긴 팔을 뻗어 내가 쓰고 있던 안경을 벗겨냈다.

"역시, 눈이 정말 예쁘구나."

"속눈썹도 길고."

두 사람이 한마디씩 했다.

"어떻게 알았어? 언제부터?"

어리둥절한 표정으로 두 사람에게 물었다.

"꽤 초반부터였을걸. 보면 볼수록 유즈키는 얼굴이 참 예쁘다고 우리 둘이 얘기했었어."

마쓰시로가 대답했다.

"유즈키, 화장실에 자주 가잖아. 그거 화장을 고치러 간 거지?"

쓰치다가 물었다.

"전부 알고 있었어?"

"응."

"그 볼도 좀 이상해. 뭘 집어넣은 거야?"

"탈지면을 조금."

"너, 정말 바보구나."

맨얼굴을 감추며 지내는 것은 분명 유즈키 나름의 이유가 있을 거다, 괜히 물어봤자 유즈키만 난처할 테니 모른 척하자. 두 사람은 이렇게 합의하고 여태껏 잠자코 있었다고 한다. 그동안 모든 걸 알면서도 나와 친구로 지내며 내가 먼저 털어놓기를 기다렸다는 것이다.

"야마모토에게 다녀와."

"맞아, 시간이 없어."

"화장 지우고 갈까 말까 고민하고 있었지?"

마쓰시로와 쓰치다가 한마디씩 하더니 막무가내로 내 팔을 붙잡아 일으켜 세웠다. 솔직히 나는 아직도 놀라서 멍한 상태였다.

"유즈키!"

마쓰시로가 그렇게 외치며 들고 있던 안경을 내 얼굴에 씌워주었다. 시야가 선명해지자 갑자기 해야 할 일이 떠올랐다.

"응, 잠깐 다녀올게."

나는 고개를 끄덕이고는 가방을 들고 달려갔다.

"유즈키, 이거 내가 먹어도 돼?"

내가 남긴 빵을 손으로 가리키며 쓰치다가 말했다.

"응, 먹어도 돼! 저기 있잖아, 앞으로도 친구로 지내줄래?"

내가 물어보자 두 사람은 한목소리로 "당연하지" 하고 말했다.

거울 앞에서 탈지면 뭉치를 꺼낸다. 콘택트렌즈를 끼고 점을 지운다.

거울 속에 나타난 얼굴은 학교에 있을 때의 가스가이 유즈키가 아니다. 엄마의 젊은 시절 사진과 똑 닮았다.

어느 쪽이 내 얼굴인지 혼란스러운 적은 아직 없다. 맨얼굴이어도, 못난이 화장을 해도 나는 나다. 눈에 띄는 일없이 평범하게 하루하루를 지내고 싶은 가스가이 유즈키일 뿐이다.

바뀌는 것은 주변 사람들의 태도다. 내가 얼굴을 바꾸면 상대도 오셀로 게임처럼 태도를 뒤바꾼다. 다들 그렇다. 아니, 다들 그럴 거라고 여기며 사람을 믿지 않았다.

하지만 변하지 않는 사람도 있다. 내가 어떤 얼굴이든 떠나지 않는 사람도 있다. 그 사실을 깨달았을 뿐인데 왠지 사람을 믿을 수 있을 것 같다.

언젠가는 못난이 화장을 그만두는 날이 올 것이다. 처음에는 가까운 이들 앞에서만 지우겠지만 좀 더 사람을 믿게 되면, 그때는 완전히 내 얼굴로 돌아올 것이다.

머리를 빗고 거울 속 내 모습을 바라봤다. 나쁘지 않다.

나는 여자 화장실을 나와 3층 게임장으로 달려갔다.

5

비는 두 시간 만에 그쳤다. 사티를 나올 무렵에는 구름 사이로 파란 하늘이 보였다. 집으로 가는 버스 창문에서 바라본 무지개는 참 예뻤다.

그로부터 몇 시간 후 해가 완전히 저물어 사위는 어두워졌고, 젖은 아스팔트를 가로등이 하얗게 비추고 있었다. 빗물에 젖은 낙엽을 밟으면 미끄러질 것 같아 조심조심 걸었다. 바깥 날씨는 생각보다 추웠다. 겉옷을 하나 더 걸치고 올걸 하고 후회했다.

나는 휴대폰만 들고나와 집 근처 공원으로 향했다. 공원은 우리 집에서 100미터 정도 떨어진 곳에 있었다. 놀이 기구라고는 그네와 빨간 코끼리, 파란 소 모양의 흔들 목마

밖에 없는 작은 공간이었다. 2년 전에 막 이사를 왔을 때만 해도 휴일이 되면 이곳 벤치에서 책을 읽어야겠다고 생각했다. 하지만 매번 공원 앞을 스치기만 할 뿐 놀아본 적은 없다.

야마모토 간타는 그네 옆에 서 있었다. 기둥에 기댄 채 주머니에 양손을 찔러 넣고 땅을 보고 있었다. 여전히 키는 작지만 나도 단신이기는 마찬가지여서 신경이 쓰이지는 않는다. 그의 모습이 시야에 들어온 순간, 나는 덜컥 겁이 났다. 이대로 뒤돌아 도망치고 싶었다. 하지만 언젠가는 겪어야 할 일이라고 생각하며 용기를 있는 대로 그러모아 그 자리에 버티고 섰다.

야마모토 간타에게 전화가 걸려온 것은 집에 돌아와 쉬고 있을 때였다.

"유즈키, 할 말이 있어. 지금 좀 보자."

처음에는 거절했다. 사티에서 화장을 지운 뒤로는 계속 맨얼굴이었다. 가스가이 유즈키로 만나려면 화장을 다시 해야 한다. 그게 성가셨다. 나는 전화로 감기 기운이 있다는 둥 봐야 할 텔레비전 프로그램이 있다는 둥 갖은 이유를 댔지만, 그는 막무가내였다.

"꼭 지금 해야 하는 말이 있어. 물론 오늘 일로. 근처 공원으로 나와. 지금 나, 거기 있어.”

그의 목소리는 진지했다. 나는 거울을 보며 결의를 다지고는 맨얼굴로 나가기로 했다.

마쓰시로와 쓰치다는 내 화장을 이미 간파하고 있었다. 야마모토 간타와도 앞으로 친구로 지내려면 지금 고백해 두는 것이 좋을 것 같았다. 이런 얘기는 그가 지인에게 한 거짓말처럼 제때 밝히지 않으면 괜히 골치만 아프다.

공원 초입에 들어서니 물웅덩이가 보였다. 웅덩이를 지나 질퍽거리는 땅에 신발 자국을 남기며 야마모토가 있는 그네 옆으로 다가갔다. 생각해 보니 그에게 집 주소를 알려준 기억이 없는데 우리 집 근처 공원은 어떻게 알고 온 건지 의아했다. 나를 알아차린 야마모토가 고개를 들었다. 낮에 봤을 때 입고 있던, 주머니가 엄청나게 달린 옷차림 그대로였다.

“어? 고우메 씨?”

예상했던 반응이다. 그는 마치 비밀이라도 들킨 듯 당황한 모습이었다. 나는 팔짱을 낀 채 물었다.

“여긴 어떻게 알고 왔어?”

말투와 목소리는 그가 학교에서 보는 가스가이 유즈키 그대로다. 이게 진짜 내 말투다.

"같은 반 여자애한테 물어봤어요. 유즈키 친구 마쓰시로요. 근데 언니는 안 나오나요?"

야마모토 간타는 난처하다는 듯 머리를 긁적였다.

나는 심호흡을 하고 그의 얼굴을 똑바로 바라봤다.

"눈앞에 있잖아?"

비가 내리고 난 뒤라 저녁 공기가 썰렁했다. 추워서 팔이 떨려왔다. 몇 초 동안 우리는 말없이 서로를 쳐다봤다. 나는 결정적인 말을 했다. 이제는 돌이킬 수 없다고 생각했는데 정작 야마모토 간타는 어리둥절한 모습이었다.

"고우메 씨, 갑자기 웬 농담이에요. 아, 맞다. 유즈키 감기 기운 있어서 못 나온다고 했지. 거기다 텔레비전도 봐야 한다고 했는데."

"아니, 농담이 아니고……."

순간 어처구니가 없어서 뒤로 넘어갈 뻔했다. 방금 뱉은 그 한마디로 고우메라는 존재는 사라져야 했는데, 야마모토 간타는 상상 이상으로 둔한 남자였다.

"유즈키 녀석, 자기가 나오고 싶지 않다고 동생을 대신 내보내다니."

"아아. 어디서부터 설명해야 하나. 난감하네."

이번에는 내가 머리를 긁적였다.

"뭐, 하는 수 없지. 고우메, 아까는 고마웠어."

야마모토는 다시 한번 고개를 숙였다.

"놀라서 멍하니 있던 그 녀석들 표정을 유즈키도 봤어야 하는데."

불과 몇 시간 전의 일이다. 아직 쇼핑몰 밖에는 비가 내리고 있었다. 3층 게임장의 인형 뽑기 기계 앞에서 나는 야마모토 무리와 합류했다. 신페이가 나를 보며 "누나!" 하고 외쳤고, 야마모토 간타는 곧바로 상황을 눈치채 나와 말을 맞췄다.

"언니가 전화로 부탁하더라고요. 마침 근처에 있어서 서둘러 왔어요."

나는 작은 목소리로 그에게 설명했다. 우리는 능숙하게 사귀는 척 연기했다.

"너네 언니한테 고맙다는 말을 하고 싶어서. 덕분에 살았다고."

야마모토 간타는 소매로 그네를 닦고 그 위에 걸터앉았다. 쇠사슬 부분에 물방울이 맺혀 반짝반짝 빛이 났다. 공기 중의 티끌이나 먼지가 비에 씻긴 덕분인지 시야도 맑았다. 주택지 사이에 자리한 저녁 무렵의 공원은 마치 조명에 비친 수조 같았다.

"저기, 있잖아. 동생 권한으로 유즈키 좀 불러줄래?"

어쩜 이렇게 모를 수 있을까. 나는 어처구니가 없었다.

"말했잖아, 네 눈앞에 있는 사람이……."

얘기 도중 그가 끼어들었다.

"그러고 보면 네 언니는 친해지기 힘든 타입이야. 남자가 싫은 건지. 무뚝뚝한 데다 얼굴을 보여주는 법이 없어."

"그래그래, 미안하다. 근데 내 얘기도 좀 들어봐."

"맞지도 않는 안경에, 사각턱에……."

그냥 집에 가버릴까.

"여기 좀 앉아, 고우메."

야마모토 간타는 아까처럼 옆자리의 그네를 닦으면서 말했다. 입 밖으로 나온 한숨이 하얀 연기처럼 퍼지더니 이내 사라졌다. 내키지는 않았지만, 그가 시키는 대로 그네에 앉아 살짝 밀어보았다. 몸이 날아오를 것 같은, 오랫동안 잊고 지냈던 고양감 같은 게 느껴졌다.

"너한테는 솔직하게 말할게. 나, 학교에서 네 언니랑 의외로 사이좋았어. 시험 전에는 너네 언니가 공부도 가르쳐줬어."

나는 그네의 쇠사슬을 움켜쥐었다. 평소보다 그의 옆모습이 어른스러워 보였던 탓이다. 갑자기 둘만 있는 상황이 어색하게 느껴졌다.

"도서실에서 내가 공부하고 있으면 유즈키는 옆에서 책을 읽곤 했지."

한 달도 채 지나지 않았는데 꽤 오래전 일인 것 같았다.

"솔직히 말하면 처음에는 고우메, 널 좋아했어. 그런데 최근에 문득 다시 생각해 보니까 언제부턴가 널 핑계 삼아 유즈키한테 말을 걸고 있더라고."

흠, 그렇군, 하고 고개를 끄덕였다. 이파리를 떨군 나뭇가지에 수많은 빗방울이 줄지어 달려 있었다. 가로등 빛을 받으니 꼭 빛의 알갱이가 열매를 맺은 것처럼 보였다. 그 풍경을 바라보다가 문득 방금 내가 무슨 소릴 들은 거지? 하는 생각이 들었다.

"사실 유즈키가 고우메처럼 예쁘지는 않지. 하지만 왠지 그 녀석한테는 어떤 얘기든 편하게 하게 되더라. 게다가 오늘 일도 있고. 유즈키가 너한테 연락해 준 덕에 살았어. 오늘 일로 확실히 알겠더라. 유즈키는 정이 많은 녀석이야. 학교 선생도 포기한 내 공부를 도와줬다니까. 좀 귀찮아하긴 했어도 내 옆에 있어 줬어. 그래서 난 유즈키가 좋아. 집에서 유즈키를 떠올릴 때마다 이곳이 막 조여드는 것 같은 느낌이랄까?"

야마모토 간타는 명치 부근을 만지면서 말했다.

"오늘 밤에 그 말을 해주려고 여기까지 온 건데. 다음에 해야겠다. 고우메, 오늘 얘기는 비밀로 해줘. 내가 직접 말하고 싶거든."

눈앞의 내가 가스가이 유즈키라는 거 알고 있잖아.

모르는 척하면서 일부러 돌려서 고백하는 거잖아.

하지만 그는 진심으로 아무것도 모르는 눈치다.

평소와 다름없이 나를 이상하다는 듯 바라보며 고개를 갸웃했다.

"왜 그래? 얼굴이 새빨개졌어."

"……열이 좀."

"또 유즈키한테 감기 옮은 거 아냐?"

"아, 그럴지도, 모르겠네요……."

내가 생각해도 어색한 모양새로 콜록거렸다. 너무 민망해서 오늘은 일단 모른 척하기로 했다. 이게 진짜 내 얼굴이라는 고백은 다음 기회에 하자. 지금은 목소리 톤을 조금 높이고 예의 그 귀여운 동생을 연기해야겠다.

친구가 했던 말이 떠올랐다.

널 좋아하는 사람은 없어.

너한테 접근하는 사람은 네 얼굴이 좋은 거지, 너라는

사람한테는 요만큼도 관심이 없다니까.

그 말은 저주처럼 내 마음을 옭아맸다.

조금 전까지는.

"많이 힘들어?"

그는 눈물이 맺힌 내 눈을 바라보며 한층 걱정스러운 표정을 짓고 있었다.

역시 오늘은 무리다. 너무 민망하다.

오늘까지는 그냥 고우메로 있어야겠다.

모모세, 여기를 봐

초판 1쇄 인쇄 2025년 5월 13일   초판 1쇄 발행 2025년 5월 27일

지은이 나카타 에이이치   옮긴이 박정아

책임편집 홍은선   디자인 유은
책임마케팅 최혜령, 박지수, 도우리   마케팅 콘텐츠 IP 사업본부
해외사업 한승빈   경영지원 백선희, 권영환, 이기경, 최민선
제작 재영P&B

펴낸이 서현동
펴낸곳 ㈜오팬하우스
출판등록 2024년 5월 16일 제2024-000141호
주소 서울시 강남구 테헤란로 419, 11층 (삼성동, 강남파이낸스플라자)
이메일 info@ofh.co.kr

ⓒ 나카타 에이이치 2025

ISBN 979-11-94654-63-6 (03830)

모모는 ㈜오팬하우스의 출판브랜드입니다.